欧米エリートが使っている

人類最強の伝える技術

高橋健太郎

Kentaro Takahashi

はじめに

伝え方しだいで、どんな人でも動かせる

「説明していると、**で、何が言いたいの？**　と言われる」

「**意見が通らない**ことが多い。ほかの人の意見は簡単に通るのに」

「ちょっとしたことで、**すぐ不機嫌になる**気分屋の恋人。どうお願いすれば機嫌を損ねずに済むのか」

「**大勢を前にしたプレゼン**で、うまくいったことがない」

「メールが苦手だ。用件だけ伝えたら、なぜか**怒っていると思われた**」


本書は、何かを伝える際に起きる、このような悩みを解決するための本です。

話すのが好きな人も、口ごもってしまうタイプの人も、多かれ少なかれ似たようなトラブルを経験したことがあるはず。

ＳＮＳのような気軽に連絡がとれるツールが普及した今だからこそ、「伝える」ことの難しさに直面している人が増えているように思います。

伝え上手はコツを押さえている

その一方で、そうしたトラブルを軽々と回避する人がいます。

筆者は文章を書くという仕事を通して、企業家・政治家・映画監督・芸能人など様々な人に会ってきましたが、そこで気づいたのが、**伝えるのがうまい人は、本当にうまい**ということ。

意見を言えば説得力があり、説明をすればわかりやすく、議論をすれば強く、おまけに冗談を言えば面白い。

自分だってそうなりたいと思うのは、多くの人にとって当然の気持ちでしょう。

しかし悩ましいことに、彼らみたいにはなれません。そもそも、どうすれば同じように話ができるのかさえわからないのです。

そこで、「伝えるのがうまい人が、どのように話をしているのか」「どのような言葉で、人を動かしているのか」を学ぶため、伝え方の本などを必死に読むわけです。

何を隠そう、筆者がそうでした。


ただ、筆者は生来、根性がねじ曲がっているせいか、そうした本を読んでもどうも納得がいかない。

こういう言い方もなんですが、思いきって言ってしまうと、ほとんどの本が著者の成功体験を無理やり押しつけているだけ。そうでなければ、出典不明の謎理論を振りかざしているだけに思えたのです。


しかし、そんな中で「これは」というものに出会いました。

それが、アリストテレスの『弁論術』をはじめとした、**古代ギリシャ・ローマ式の弁論術**について書かれた本たち。そして、その流れを受け継いで書かれてきた研究書や哲学書たちです。要はビジネス書の棚ではなく、哲学・思想の棚にあるような。

これらの本には、「伝えるのがうまい人は、何がうまいのか」「うまく伝えるとは、どういうことか」についての本質が書かれていました。

大げさな表現かもしれませんが、人と人が交流することで歴史を作ってきた人類だからこその、**最強の技術**があると思ったのです。

筆者は、伝え上手な人が押さえていたのはこれだ、と直感的に感じました。

実際、弁論術の考え方は、欧米では**エリートにとって必須の教養**となっています。

それらは、教育を通して理論だてて教えられるだけでなく、家庭教育の中で自然と伝えられ、彼らのコミュニケーション力の根幹を成しているのです。

日本で「弁論術」が知られていない訳

それほどの技術が、なぜ**日本ではほとんど知られていない**のか。その理由ははっきりしています。
これらを解決した本は小難しくて、読みづらいのです。
タイトルだけ見たって、
アリストテレス『弁論術』

キケロー『弁論家について』
ペレルマン『説得の論理学』
トゥールミン『議論の技法』

などなど、いかにも人を寄せつけなさそうな顔をしています。

そこが、**本書の狙い**です。

欧米では常識になっている、こうした本のエッセンスをわかりやすい形で提供したい。とりわけ古代ギリシャ・ローマ式弁論術の知識を、いかに現代の日常生活に生かすのか、筆者なりにかみ砕いて紹介したいのです。


したがって本書では、弁論術を哲学としてではなく、**役立つ知識・テクニック**として扱うことにします（もっと奥深いところに進みたい方のために、最後に参考文献リストをつけておきます）。

そして、いかに言葉で聞き手を動かすのかという**人が人を説得する場面**について、より力を入れて解説します。

これこそが、弁論術がもっとも本領を発揮するテーマですし、われわれがもっとも悩む場面だからです。

本書を読めば、

「**理屈が通じない相手**は、どう説得するのか」

「どうすれば、**格上の人物**を納得させられるか」

「**わかりやすい説明**とは、どんなものか」

「どう伝えれば、**論理的に聞こえるか**」

「**多くの人を納得させる根拠**は、どうやって探すのか」

などについて、**まず何をすればいいのか**がある程度わかるようになります。この「まず」という指針を持つことが大事なのです。

苦手な相手にも言葉を届かせる

誰にでも、うまく言葉を届けられない**苦手な相手**がいるものです。

ある人にとっては、理屈が通じない感情的な人かもしれません。また別のある人にとっては、感情の読めない理屈っぽい人かもしれません。

後輩は大丈夫だが、先輩・上司にはいつも勘違いされる、というのもあるでしょう。

少人数相手だとうまく話せるが、大人数相手ではうまくいかないというのもありそうです。

しかし、こうした問題は伝え方しだいですべて解決できます。

どのような相手も、思い通りに動かす。

それを実現するために、人類がはるか昔にたどり着き、現代まで絶えずバージョンアップしてきた「伝える技術」の真髄《しんずい》をここに示します。

２０１９年11月　高橋健太郎

CONTENTS

第2章 「聞き手の気分」で人を動かす

第3章 「内容の正しさ」で人を動かす

序章

「伝える」前に押さえておくこと

説得を避けていると仕事も人生もうまくいかない

自分とは意見の違う人を説得しなければならない。想像してみただけでもうんざりする場面です。

しかし、私たちの日常は**説得の連続**です。

「他社からうちに契約を切り換えてもらいたい。先方の偉い人をつかまえ、話し合いをしなければいけない」

「有給休暇をとりたいが、みんな忙しそうにしてる。上司もピリついてるし、ちょっと声をかけづらい」

「オークションサイトでずっと欲しかったカメラを見つけた。少し高く感じるので、コメント欄に、〝値下げできませんか？〟とメッセージを書いてみる」

「次のデートではなんとしても遊園地に行きたい！　そういう場所をあまり好まない彼女だけど、どう提案しようか」


職場であろうと、家庭であろうと、はたまたネットであろうと、私たちは日々こうした説得のやりとりを繰り返しています。

それにもかかわらず、説得という行為に対して苦手意識を持っている人は少なくありません。

むしろ得意という人のほうが少ないでしょう。

われわれ**日本人はとくに**。


一方、欧米のエリートと呼ばれている人は、巧みに人を説得しているイメージがあります。実際に欧米のエリートと関わったことがない人でも、映画・ニュース・バラエティ番組などで、彼らがスマートな話術で周囲を惹きつけ、さらりと説き伏せてしまう場面を見たことがあるはず。

なぜ、そんなことができるのか？

それは、彼らが**人を動かす伝え方のコツ**を知っているから。そのコツこそが「弁論術」です。

弁論術は、今からおよそ2300年前にギリシャの哲学者アリストテレスが最初にまとめ、以後、欧米で連綿と受け継がれて発展してきた、伝統ある技術。いわば、**人を説得する技術の集大成**です。

その理論は、『人を動かす』（D・カーネギー著）や『7つの習慣』（スティーブン・R・コヴィー著）をはじめとしたビジネス書の名著でも、断片的ながら様々な形でとり上げられ、高く評価されてきました。

この弁論術の知識こそ、欧米エリートが高校や大学、ビジネススクールなどで、徹底的に叩きこまれる、彼らのコミュニケーション能力を支える核心なのです。

気をつけるのは3つだけ

言葉で誰かを動かすには、何に気をつければいいかという「**指針**」が必要です。

多くの日本人にはこれがありません。

その結果、説得という行為を複雑に考えすぎ、何をすればいいのかわからない状態になっているのです。これではコンパスを持たずにジャングルに入って、勝手にさまよっているようなもの。

ここで、弁論術の開祖であるアリストテレスに登場してもらいましょう。

彼は著書『弁論術』の中で、人を説得するための指針についてはっきりと示しています。

「言論を通してわれわれの手で得られる説得には三つの種類がある。すなわち、一つは論者の人柄にかかっている説得であり、いま一つは聴き手の心が或る状態に置かれることによるもの、そしてもう一つは、言論そのものにかかっているもので、言論が証明を与えている、もしくは与えているように見えることから生ずる説得である」――『弁論術』第1巻 第2章（戸塚七郎訳）

わかりやすく言えば、説得のポイントは、次の3つだということです。

❶　話し手の人柄（＝エトス）
❷　聞き手の気分（＝パトス）
❸　内容の正しさ（＝ロゴス）

「話し手の人柄」「聞き手の気分」「内容の正しさ」は、弁論術においてそれぞれ「エトス」「パトス」「ロゴス」と呼ばれています。

この3つについて大雑把に説明すると、❶は、説得する人がどういう人柄かということ。人を説得するには、やさしい人のほうがよいのか、怖い人のほうがよいのか、といった視点です。

❷は、説得される側の気分。相手が怒ってるときのほうが説得しやすいのか、笑ってるときのほうが説得しやすいのか、という視点です。

最後の❸は、説得内容そのもののこと。どういった内容を訴えかければ正しいと思ってもらえるのか、という視点です。

弁論術では、どのような状況であっても、ビジネスの現場でも、国家間のタフなネゴシエーションでも、家庭のいざこざであっても――この3つにさえ気をつければ、**説得は必ず成功する**としています。

この考え方は、アリストテレス以来、弁論術のスタンダードとなってきたものです。

しかし、この時点ですでに疑問を持つ人がいるかもしれません。

人を説得するのに、「話し手の人柄」や「聞き手の気分」まで気にしなくてはいけないの？「内容の正しさ」さえあればいいんじゃないの？と。

たしかに、自分の人柄を気にしたり、相手の気分を考えたりするのは、ちょっとずるい気もします。

しかし、それは**賢い人ほど陥りがちな誤り**です。

正しいことを言えば説得できるという考え方は、人を説得するにあたって真っ先に捨てなければいけません。

なぜなら現実には、

「あの人に頼まれると、断れないんだよな」
「今日は部長が機嫌がよかったから、提案がさっと通ったよ」
「たまにしか顔を出さないA社の営業からより、よく顔を出してくれるB社の営業から買ってあげたい」

というような、内容に関係なく説得の成否が決まる場面が頻繁にあるからです。

一番強いのは誰が話しているか

人を説得するための要素としてあげた3つのうち、とりわけ「話し手の人柄」について、アリストテレスはこう断言しています。

「論者の人柄はもっとも強力と言ってもよいほどの説得力を持っている」――『弁論術』第1巻 第2章（戸塚七郎訳）

いきなり身もふたもない話ですが、人を説得するには**人柄が最強**である、と言っているのです。

皆さんも、次のような経験はないでしょうか。

「同じミスの報告をしたのに、めったにミスをしない同僚は〝報告してくれて助かった〟と褒められ、いつもミスばかりしている自分は〝何度言ったらわかるんだ！〟と怒られた」

「テレビで専門家がよいことを言っていた。マネして家族に語ってみたところ、〝何を偉そうに〟と呆れられてしまった」

「友人の間で冗談しか言わないキャラだと思われている。あるとき〝会社を辞めて、旅にでも出ようかな〟と真剣に相談したら相手にしてもらえなかった」

どれも普段の人柄のせいで残念な結果になってしまった、というある種の笑い話です。

しかし、笑ってもいられない事実があります。

それは、人柄こそが聞き手の反応に大きく影響を及ぼしているということ。

この3つの例で相手は、話した**内容をほとんど無視**して、普段の人柄で判断を下しています。

これらは特殊なことではなく、じつは日常で頻繁に起きています。あまりにも自然で気づかないほど、人柄の力というのは強力なのです。

実際、交渉事がうまい人はこうした人柄の力を重視し、自分の人柄が聞き手から信用されるよう細心の注意を払います。言葉づかい、表情、身のこなし、着ている服まで、相手を意のままに動かすためにコントロールするのです。

「気分」が人を駆り立てる

「聞き手の気分」についても簡単に触れておきます。

電話セールスのプロに取材をしたときに聞いた話ですが、同じ内容のセールスでも、相手の気分によって成功率が大きく変わるそうです。

疲れて気持ちが後ろ向きになりやすい週の後半の成功率は下がり、休み明けで元気な月曜日の昼前は成功率が上がるとのこと。実際に、それに沿ったセールス戦略がとられることもあるようです。

このように、人を説得する際に「聞き手の気分」を察するというのも、現代においてもさり気なく利用されています。

そこをさらに積極的に、聞き手の気分をコントロールしていこう、というところまでいくのが、弁論術の発想です。

論理的でないのは頭が悪い？

「話し手の人柄」と「聞き手の気分」について、さっと解説してきました。

これらの方法は、話す内容が論理的でなく感情に訴えたりするため、「感情論」などと揶揄《やゆ》され、**頭が悪い人のする行為**として一段低く見られがちです。

しかし、それは間違っています。

本当に説得のうまい人は「内容の正しさ」を基本にしつつも、「話し手の人柄」「聞き手の気分」への目配りを忘れません。

それどころか、あえて「内容の正しさ」を捨てて勝負することもあるのです。

ひとまず、誰かを説得する際には、伝える内容だけを考えるのではなく、自分がどういう「人柄」か、相手がどんな「気分」か、といったことまで考えると、説得が成功しやすくなると覚えておいてください。

カッとなるのを抑えて相手に興味を持つ

ちょっとしたすれ違いからついカッとなり、普段なら言わないような失礼なことを言ってしまった。

誰しも経験があるのではないでしょうか。

相手が友人や家族なら修復可能かもしれません。ですが、ビジネスシーンとなればそうはいきません。

話の通じない上司、物わかりの悪い部下、言い分をいっさい聞いてくれない高圧的な取引先などなど。つい物申したくなってしまう気持ちはわかりますが、感情的になってよいことは絶対にありません。

最悪、信用を失い、とり返しのつかないことになる場合も……

ここでは、そうした失言トラブルを回避する方法を示します。

この方法は、**人を説得する際の土台**となります。先ほど提示した3つの要素に先だつ、大事な考え方になるのです。

うかつな「失言」は本当に危険

失言をしてしまう原因の中でもありがちなのが、深く考えずに即座に発言してしまうこと。

ここには、考えようによってはよい面もあります。

それは、スピーディーであること。

たとえば、赤信号に気づかずに車の行き交う道を渡ろうとしている人がいた場合、いろいろ考える前に「止まれ！」と叫ぶのが正解でしょう。

また、上司が魅力的な企画の話をしていれば、誰よりも先に「やらせてください！」と口に出すべきです。

こうした場面で即座に声を出すことは大事です。**緊急事態、早い者勝ち**、それらは日常で頻繁に起きるシチュエーションですが、ここではやはりスピード感が求められるものです。

しかし、こと**交渉の場において、考えずに発言するのは厳禁**。そうして出た言葉は、理屈が通っていなかったり、暴論・極論だったりしがちで、どうしても脇が甘くなってしまうからです。

実際、交渉に強い人は、**相手に考えさせる時間を与えない**ように仕向けます。それで生まれた失言を利用し、揚げ足をとるのです。

1つ、日本史から実例を出しましょう。

大名ではなく一介の学者でありながら、江戸中期に幕府を牛耳《ぎゅうじ》っていた新井白石《あらいはくせき》という人物がいました。彼は幕府内の議論において無類の強さを誇っていたそうですが、そのときに利用していたのが、相手の失言。

白石は議論になると、いったん相手の言い分を頭ごなしに全否定して挑発していたそうです。

そして、カッとなった相手がベラベラと言い返してきたところを、理詰めで反論。その手法を使って、あらゆる議論に勝利していたとされています。

こうして彼のライバルたちは、挑発に乗ってうかつな発言をしたために、議論で白石に完敗。

このことは、白石が幕府を支配するようになった要因の1つと言われています。

これは極端な例だとしても、脊髄反射《せきずいはんしゃ》のように感情のままに発言すると、隙を作りだしてしまうのは事実。

ボクシングで言えば、逆上して大振りのパンチを打つようなもので、そうなってしまえば、待っているのは相手のカウンターパンチなのです。

脊髄反射を止める方法

では、どうすればいいのか？

基本的には我慢するしかありません。とにかくいったん黙ることが大事。

感情が高まったときに口を開けば、理屈に合わない言葉が出てきます。なので、何秒間かでいいので待ちましょう。挑発などによって高まった感情のボルテージは、その言葉を聞いた直後がピーク。時間とともに必ず落ち着くのです。

そして、そのように耐えたうえで、感情的な反応のピークが過ぎ去ったら、次にとるべき態度があります。

それが、**相手の言うことに興味を持ち、理解しようとする**こと。

相手には相手の事情があり、その発言をするに至るには理由があります。どんな暴言にも、くだらない話にも、相手がそれを言うだけの何かしらの意味がある。そこに、興味を向けるのです。

この切り換えは、筆者自身かなり効果を感じてきた方法です。

私の主な仕事は文章を書くことですが、時に編集者から厳しい指摘を受けることがあります。

「わかりにくい」「難しすぎる」「読者の求める内容じゃない」

などなど。これは、物を書くうえでの宿命みたいなものですし、今ではどうということもないのですが、駆けだしの頃はかなりこたえました。

思わず「そんなことないと思うんですけどね！」「そっちが読み間違ってるんじゃないですか！」と、カッとなって言い返したことも数知れず。

しかし、ある仕事をきっかけに、弁論術関連の哲学書を読みあさったところ、「相手を理解すること」の重要さが繰り返し書かれているのに気づきました。

それで、とりあえずやってみようと実践するようになったわけです。

「わかりにくい！」と言われたら、
⇩
「どういうふうにわかりにくいですか？」

「難しすぎる！」と言われたら、
⇩
「どの部分が難しいですか？　難しく感じない個所はありましたか？」

「読者の求める内容じゃない！」と言われたら、
⇩
「読者層はどういう方をイメージしていますか？」

このように、反論するのではなく相手の主張に対する理解を深める質問をするよう努めたのです。すると相手に興味を持つ習慣がつき、脊髄反射が起こらなくなりました。イメージとしては、一瞬腹が立ちそうになるけれど、理解への意志が先だって怒りを呑みこむ感じでしょうか。

じつはこうした考え方は、古今東西に共通のものです。
中国戦国時代、弁舌の巧みさで名を馳せた告子《こくし》という人物がいました。彼は、論戦などの中で感情的にならないための極意について、次のように言っています。

「言葉で分からないことを想像で分かろうとしてはいけない。想像で分からないことを直感で分かろうとしてはいけない（言に得ざれば、心に求むること勿《なか》れ。心に得ざれば、気に求むること勿《なか》れ）」――『孟子』公孫丑章句上

つまり、相手について勝手な想像や直感を持つな。膨らんだ想像や直感が、感情的になる原因を作るからだ。まずは相手の実際の言葉を理解せよ、ということです。

この言葉が言われた中国戦国時代は、腕に覚えのある弁論家たちが、その弁舌で各国の王たちを動かし、政治を左右していました。

それだけに、敵の論客の挑発に乗って失言すれば、国を追放されたり殺されたりすることもあったのです。

そんなシビアな議論や交渉の現場においても、失言を抑えるために行きつくのは、結局のところ――

相手の言葉への興味と理解だった。

このことは、肝《きも》に銘じておきたいところです。

何よりもまず相手に興味を持つ

相手に興味を持つことの効能は、失言の防止だけではありません。

この項目のはじめにも書きましたが、そうした態度は、人を説得する際の基礎となります。

誰かを説得したいとき。
それが上司への企画提案であっても、家族へのお願いであっても、大勢を相手にした
プレゼンであっても——
まずすべきは、**相手に興味を持ち、観察する**こと。
それが、相手を動かすことの第一歩になります。

「人を動かす」ポイント　「**基礎**」編

・気をつけるのは**3つだけ**

❶もっとも強い「**話し手の人柄**」

❷感情に訴える「**聞き手の気分**」

❸言葉で勝負する「**内容の正しさ**」

・その前に、**相手を観察する**（カッとなるのはＮＧ）

第1章

「話し手の人柄」で人を動かす

「いい人」が言うことは「いいこと」と思われる

では、人を説得するための3つの要素「話し手の人柄」「聞き手の気分」「内容の正しさ」のうち、もっとも強力な武器となる「話し手の人柄」について解説していきましょう。

アリストテレスは、説得の場面における「話し手の人柄」の重要性について、次のように解説しています。

「人柄の優れた人々に対しては、われわれは誰に対するよりも多くの信を、より速やかに置くものなのである」――『弁論術』第1巻 第2章（戸塚七郎訳）

要は、言っている内容に関係なく、**信頼できる人の言うことはそれだけで信頼さ**

れる、ということです。

これを逆説的に示しているのが、オオカミ少年の昔話。

少年は普段から「オオカミが来た！」と嘘をついて村人をからかっていたので、本当に狼が来たとき、「オオカミが来た！」と助けを求めても信じてもらえませんでした。

このように「内容の正しさ」というのは、「話し手の人柄」によって簡単に意味をなさなくなります。

オオカミ少年は極端な例ですが、これに似た事態は日常的に起こっています。

◉ 不倫をしているタレントの語るモラル
◉ 毎日遅刻している生徒の「明日から遅刻しません！」
◉ 無能と評判の社長の経営論

どれも信じられるわけがありません。どんなに「内容の正しさ」があったとしても、「話し手の人柄」に問題があるからです。

では、どうすれば信頼できる人柄だと思ってもらえるのか。

オオカミ少年の教訓にしたがって嘘を言わなければ、信頼を得られるのでしょうか。そうかもしれませんが、現実には嘘をつかないのに信頼されない人がいる一方で、嘘ばかりついているのに信頼を得ている人もいる気がします。

では、弁論術の世界ではなんと言っているのか。信頼できる人柄を得るために、アリストテレスは「徳、聴衆への好意、フロネシス（≒現実対応力）の3つをアピールしろ」と言っています。

また、英雄カエサルのライバルだった古代ローマの大弁論家キケローは、「品格、功績、評判の3つが大事だ」と言っています。

入り組んだ内容なので大胆に整理してみます。アリストテレスとキケローの意見を合体させた次の3つが、現代においても有用でしょう。

❶ **性格の立派さ**
❷ **聞き手への好意**
❸ **実績**

それぞれについて、その基本的な部分を解説します。

それだけで信頼される「性格」はない

まず、❶「性格の立派さ」とは何か？

ここで勘違いしてはいけないのは、これが道徳の話ではないということ。老人に親切にしているから立派だとか、真面目に生きているから立派だとか、そんなことはどうでもいいのです。

大事なことは、ただ1つ。

目の前にいる聞き手に、立派だと思われること。

この場にいない人にそう思われても意味がありません。説得すべき相手に合わせるのです。やさしい人が好まれる場では、やさしい人を演じ、論理的な人が好まれる場では論理的な人を演じる。

極端なことを言えば、悪人サークルで悪人を説得するのなら、立派な悪人を演じて信頼されることが大事なのです。

昨今、SNSを通じて世間に出るようになったタイプの経営者を観察していると、この「性格の立派さ」を世間に印象づける技術に長《た》けているように感じます。

彼らは、善良さ、挑戦する勇気、度量の広さ、思慮深さなどを感じさせる一方で、破天荒なキャラクターを演じたりします。それでいて、じつは真面目、じつは誠実、じつはやさしいというような印象づけも怠りません。

世間がどういった人物を立派だと思うかというイメージを、彼らなりの嗅覚でつかんでいるんだと思います。

好意を示すと「いい人」だと思われる

続いて、❷「聞き手への好意」について。

人は、自分に対して好意を抱く人を信頼し、「いい人」だと思ってしまいます。

本来は信頼すべきでない人格の人であっても、好意を持たれると、その欠点が見えなくなるものなのです。

では、聞き手への好意はどう表現すればいいのか？

基本的には、日常の態度で好意を見せるのが効果的でしょう。いつもニコニコしている「いい人」の営業成績がよかったりするのは、笑顔を通じて周囲に好意を振りまいているからなのです。

また実際に話をするとき、「あなたの利益を考えている」という形で好意を見せるのも大事。

たとえば、書類1つを頼むのにも、

×　「この資料、急いでまとめて！」

では、上の者が下の者に命令しているようにしか感じられませんが、

○　「この資料、君がやりたいって言ってたプロジェクトの参考になるだろうから、任せるよ」

これなら、お願いしているにもかかわらず、**好意のメッセージ**を伝えることができます。

ここで大切なのは、何が聞き手の利益となるのかを見きわめ、それを尊重する姿勢を見せること。これがないと、不信感の強い相手の場合、「自分の都合で、言いくるめようとしている」と思われてしまうこともあります。

「聞き手への好意」というのは、アリストテレスが、説得がうまい人が持つ特徴の1つとして指摘していたものですが、これは東洋でも伝統的に重視されてきました。

『戦国策』という中国の古典があります。中国戦国時代に、当時の弁論家が王を説得した際のやりとりを集めた事例集です。

この中で繰り返し出てくるのが、「**王のためを考えますに〜**」というフレーズ。

当時の弁論家は説得のあいだ中、「あなた（王）とその国の利益のため」という姿勢を崩しませんでした。これは、他国の王を説得する場合でもです。

それはなぜか？

自分の説得が私利私欲のためだと思われれば、説得に失敗するだけではなく、一歩間違えば信用ならない人物として殺されるからです。

だからこそ、当時の弁論家たちは、王という圧倒的な権力者を動かす極限の説得の際、何よりも「あなたの利益」を強調することに気を配ったのです。

私利私欲の人間だと思われたら終わり。現代の「保身」にも当てはまる考え方でしょう。

「実績」の持つ説得力はわかりやすい

最後に、❸「実績」について。

皆さんもなんとなくわかると思うのですが、実績がある人の話はそれだけで説得力を持ちます。

新しいプロジェクトを立ち上げるために、会議をしていたとしましょう。何度も成功させている社員が言えば「君がそう言うならそれでいいよ」で済む提案も、同じことを経験の浅い新人が言えば、同じようにはいきません。

だからこそ、誰かを説得しようというときは、自分がどういった実績を持っているか、を計算に入れておく必要があります。

ただし、何が実績になるかについては、シチュエーションによって変わってきます。

実績というと、「新規営業を○○件開拓した」「○○万円の売上を達成した」といった目に見える数字が真っ先に思い浮かぶでしょう。

たしかに、こうした数字はわかりやすいですし、高い確率で発言に説得力を持たせます。ただし、実績は数字に限りません。

◉ 顧客からの信頼
◉ 人脈
◉ どんな仕事も納期に間に合わせてきた

といった、数字に表れにくいものもまた存在します。実績として、こちらのタイプのものが求められることも少なくないのです。

とはいえ「実績」には、先に示した「性格」「好意」にはない**わかりやすさ**があります。そのためビジネスシーンにおいて重視されています。

では、そんな実績がまったくない場合は、どうすればいいのでしょうか。どうにもならないのかと言えば、そんなことはありません。実績は技術でカバーできます。

たとえば、権威あるデータなどを引用するというのも1つの方法です。


「私の意見については、こちらの**厚生労働省**のデータを見てください」


といった感じです。

つまり、権威という他人の実績を利用するのです。これは使いようによっては、自分の実績以上に説得力を持ちます。

ただし、あまりにも露骨に人の実績を利用していると、

「私の友人は社長で……」

「俺のバックには、業界のドンがいるんだぞ！」


といったような、痛い人と変わらないことになってしまうので注意が必要ですが……

「勇気」を示すと人はついてくる

ここでは「性格の立派さ」の視点について、もう少し踏みこんで解説します。どういった性格を立派だと思うかは、先にも書いたように人によって違います。だからこそ、相手に合わせる必要があるのです。

とはいえ、ことビジネスの現場において、**勇気をアピールする**ことが近年ますます有効になってきたように感じます。

メディアで高く評価されている組織のトップがどんな人物像か？　そのことをちょっと思い浮かべてみてもそれは明白でしょう。

おそらく次のような感じではないでしょうか。

◉ 難しい局面で、決断ができる
◉ ピンチの場面でも、部下に押しつけるのではなく、自ら矢面《やおもて》に立つ
◉ 責任は私がとる、と言って部下に仕事を任せる
◉ 困難な仕事にチャレンジする

どれも「勇気」があることを感じさせてくれる理想的なリーダー像です。

しかし改めて考えてみると、そうした人物が立派だと思われるのは、いつの時代も変わらないかもしれません。

そもそも古代ギリシャにおいて、勇気は立派な市民の条件としてもっとも尊ばれた美徳の1つでした。

というのも、当時は自分の属する都市国家に戦争があれば、持ち場を守って立派に戦うことが、一人前の市民として当然の責任。それを全《まっと》うするには、死や災難、困難から逃げずに立ち向かう勇気が必須でした。

この、困難から逃げない、持ち場を守って立派に戦う、という姿勢は、現代でも同様に求められるものです。

——と、ここまで書いておいてなんですが、だからといって「勇気ある人物になれ」とは言いません。そうではなく、弁論術として大事なのは、どうすれば勇気ある人物だと「思われる」のか、なのです。

つまり、実際そうでなくても、**「思われる」だけでいい**のです。

ずるいと感じるかもしれませんが、誰かを説得するという場面では、聞き手や周囲からそう思われさえすればいいと割りきることが大事です。

「勇気がある」とはどういうことか

勇気ある人物と思わせるためには、ひとまず多くの人が思うような最大公約数的な勇気のイメージをつかむ必要があります。

では、勇気とは何か?

アリストテレスが人間の性格を研究し尽くした古典『ニコマコス倫理学』によれば、次のような定義になります。

困難やリスクを熟知したうえで、すすんで立ち向かう姿勢

ここで大事なのは、前半の「困難やリスクを熟知」、後半の「すすんで立ち向かう姿勢」、この**2つをそろえて見せる**こと。

その2つがそろってはじめて周囲は、その人物の勇気を評価します。

ではまず、「困難やリスクを熟知」について。

これはありがちな勘違いなのですが、**勇気と鈍感は違います**。それをわかりやすく説明するために、あえてシンプルな例を持ちだしましょう。

失敗すると1億円という莫大な損害が出るというプロジェクトがあったとします。その場合に、

×　「1億円なんて大したことない。やろうじゃないか」

と言うのは、勇気ではありません。

1億円という損失をものともしないのは「困難やリスクを熟知」していない状態、つまり鈍感に過ぎません。こうした場合、「性格の立派さ」を持つ人物とは思われないでしょう。

そうではなく、勇気とは次のような言い分に表れるものなのです。

○「1億円というのはたしかに大きい。しかし、ここでチャレンジしなければ未来がない」

困難やリスクをわかったうえで、なおかつ立ち向かう姿勢、それを示したときに勇気は表れます。

恐れを感じないのではなく、恐れを感じたうえで立ち向かう。これが本当の勇気の見せ方です。

次に「すすんで立ち向かう姿勢」について。どんなに困難やリスクを熟知して立ち向かったとしてもそれが、

「やらされて」「指示されて」「仕方なく」

やったのだとすれば、人は勇気だとは評価しません。

そうした人に周囲が与える評価は、「従順である」であって「勇気がある」ではないのです。

勇気ある人物は、**自らすすんで**困難やリスクに立ち向かう。自分でやるしかないと決意してやるところに勇気は表れます。

こうした姿勢は、歴史上の指導者が非常時に際して、つねに周囲に見せてきた姿勢でもあります。

たとえば、イギリスの首相・チャーチル。彼は20世紀最大の弁論家の1人であり、その演説集は今でも多くの愛読者を持っています。

彼は、第2次世界大戦中の首相就任演説において、このように語ります。

「われわれは目前にかつてない重大な苦難を抱えている。われわれの目前には、数ヶ月もの長い努力と苦痛が多数待ちかまえている」

「困難やリスクを熟知」を示したうえで、さらにこう語るのです。

「諸君は『われわれの方針は何か?』と問うだろう。私は答える、陸海空において神がわれわれに与えた全ての力を用いて戦うことだ。今までかつてない、人類の悲惨な犯罪史にさえない、途方もない暴政に対して戦うことだ」

チャーチルは、自ら「すすんで立ち向かう姿勢」を見せ、これを聞いた聴衆は、チャーチルの勇敢さに感動したわけです。

このような正しい形にのっとった勇気のアピールには、話す本人を勇気ある人物と見せるだけでなく、**周囲を鼓舞し**、**力づける**作用もあります。

「勇気がある」と思わせる語り方

さらに議論を進めて、具体的には「どういった語り方」をすれば、勇気ある人物であると思ってもらえるのかについて。

とはいえ、これにはたくさんのアプローチの仕方があるので、1つの基本的なパターンを示しましょう。名づけて、**勇気の話法**。

自分の勇気を示すとともに、他人に勇気ある決断を迫るときの技術です。

それは、次の3ステップからなります。

❶ 決断にともなうリスクを強調して語る

⇩

❷ それを上回るメリットを語る

⇩

❸ だからこうするしかない！　と結論づける

まず、決断にともなうリスクを隠さず語ります。

むしろ、強調して言うのです。

「費用がかかる！」「労力がかかる！」「時間がかかる！」
「失敗すれば、こんな悪影響があるかもしれない！」

次にそのうえで、それを上回るメリットを語りましょう。つまり、リスクはあるにせよ、その決断をするだけの価値があることを示すのです。

「成功した場合のリターンの大きさ」
「組織としての成長」
「開けてくる明るい未来」

これらのメリットを語るのです。リスクを聞いて**緊張した聞き手をほぐすイメージ**で。

そして、最後に「だからこうしなければならない！」とはっきりと決断を迫る。

ポイントは、**悲壮感**。

勇気の話法で楽天的な雰囲気は禁物。それでは単に、「鈍感」だと思われかねないからです。

リーダーは「正義」を語れ

勇気に続いて「正義」を掲げるという、古代ギリシャ時代から受け継がれてきた技術についてお話しします。

言い分に正義があると立派だと思われる。感覚的にはわかると思うのですが、1つ例を見てみましょう。

正義が実際にどう使われているか？

企業が、CSR（社会的責任）を掲げるのが常識となってずいぶん経ちました。

CSRとは、「企業は利潤追求だけではダメ。社会のためになっていなければいい企業とは言えない」といった考え方のこと。

利潤を追求すればいいはずの企業活動ですらそこに正義がなければ、周囲の支持も賛同も得られないのが現実なのです。

これは、われわれ個人においても同様。

上司に斬新な提案をするのでも、部下に難しい指示を出すのでも、友人との約束をドタキャンするのでも、親族と財産分与を話し合うのでも、そこに正義があるかないかで結果は大きく変わります。

正義を掲げられると人は納得しやすい

正義を掲げれば「性格の立派さ」を示しやすいことはいいとして、では具体的にはどんな効果があるのか。

次の2つのメリットがあります。

❶ 聞き手が支持しやすい
❷ 失敗に終わっても評判が下がりにくい

まず❶について。

先ほども書きましたが、正義を打ちだした意見は、内容に関係なく聞き手を賛成に傾けます。

多少意地の悪い言い方にはなりますが、

「弱者のためになる」「子供たちのためになる」

「よりよい未来のためになる」

「平和のためになる」「社会のためになる」


こうした正義の意見に対しては、聞き手の側も自分がいい人間になったようで**安心して説得される**のです。

身近なものでは、商品の宣伝。


「この商品を買うと、売り上げから△△に○○円の寄付がされます」

というような売り方がされているのを、目にしたことはありませんか？

これなどは代表的な、正義を打ちだした例。

思わず説得されて、買った経験がある方も多いのではないでしょうか？（もちろん、それが悪いというわけではありません）。

プレゼンでも、社内の会議でも、あるいは友達とのちょっとした話し合いでもそうですが、

「会社のため」「みんなのため」「社会のため」


といった正義の衣で自分の言い分をくるめば、「性格の立派さ」を示すことができ、説得に成功する確率は高くなります。

仮に、本当は私利私欲や個人の都合による意見であっても、その部分を見せてはいけません。

聞き手は、話し手の意見に賛同するにも、**賛同するだけの大義名分を欲する**ものなのです。

歴史を振り返ってみても、大陰謀をたくらむ人物が協力者や支持者を得るために利用

してきたのが、この正義でした。

たとえば、古代ローマ最大の事件の1つとして、カッシウスらによる時の権力者カエサルの暗殺があります（「ブルートゥス、お前もか」っていうアレですね）。

じつのところ、首謀者カッシウスがカエサルを憎んだのはまったく個人的な理由で、ある催しのために苦労して入手した多数のライオンを、カエサルに没収されたことが原因だとも言われています。

つまり、**私情でカエサルを暗殺**しようとしていたのです。

それにもかかわらず、彼はブルートゥスという人物に共犯を持ちかける際、次のような論法を用いました。


「暴君を倒せ。カエサルは王位をうかがい、外国の娼婦クレオパトラを女王に、私生児カエサリオンを太子に立てようとしているのだ……カエサル自身とその名誉のためにも、かれがローマの尊厳と自由を一挙に破壊する暴挙に出る前に、いっそ亡き者にしたほうがよくはなかろうか」――I・モンタネッリ『ローマの歴史』（藤沢道郎訳）

「私の計画するカエサル暗殺は、決して個人的な恨みではなく、ローマのための正義の行為なのだ」というわけです。

結果、カッシウスの語る正義にほだされたブルートゥスは、カエサル暗殺に協力することになります。


繰り返しになりますが、どんな提案や意見も聞き手に納得してもらいたかったら、正義の衣でくるみましょう。

正義さえあれば、聞き手は安心して賛同できるのです。

それが、**陰謀ならなおさら**でしょう。

失敗しても正義なら許される

正義を持ちだすメリットの2つ目。

それは、こちらの意見や提案が結果的に間違っていたり、失敗に終わったりしても評判が下がりにくい、ということです。

これは、部下を抱え、ある程度責任をとる立場にある方には、とくに大事な視点です。

勝っているとき、調子のいいときは簡単です。放っておいても評判は上がるでしょう。難しいのは、失敗したとき。

自分の評判を操作するためには、失敗した際のイメージダウンを最小限にすることが大事なのです。

その、**失敗した際の評判を守るのが、正義**です。

自分の意見がじつは間違っていた、ということはよくあります。結果的に、賛同してくれた人たちに迷惑をかけてしまうこともあるでしょう。

こうした際、「手柄を焦ってみんなに迷惑をかけた」と思われるのか、「みんなのためを思ってやったことだ」と思われるのかでは、リーダーの評判として天と地ほどの差があります。

だからこそ、正義を語っておくのです。

「みんなのため」「社会のため」「会社のため」「未来のため」の意見であることを、あらかじめ印象づけておくことが大事なのです。

勇気と正義はワンセットで語ろう

「性格の立派さ」をアピールするには、勇気を見せることがもっとも効果的であるというのは、すでに説明しました。

これは正義と組み合わせることで、完全なものになります。

というのも、勇気ある態度はリスクをともないます。もっと言えば、**勇気には失敗がつきもの**なのです。

だからこそ、正義も語っておきましょう。

リスクのある勇気を掲げつつ、それと同時に正義の「○○のため」という大義名分を語っておくのです。

そうすることは、失敗に終わった場合の**セーフティネット**になります。

正義や勇気を意識的に利用するのは、姑息な印象があるかもしれません。しかし、それをせずに結果として失敗すれば、自分の手柄のために周囲を巻きこむヤツ、目立ちたいだけのヤツと思われて評判は下がる一方です。

そうなっては、せっかくあなたの勇気を信じて支持してくれた者たちも可哀想でしょう。**勇気と正義はセットで使うべき**なのです。

「人を動かす」ポイント　「話し手の人柄」編

・もっとも説得力があるのは「**人柄**」

・人柄の力は、次の３つで作れる

❶「**立派**」だと思わせる

❷「**好意**」を見せる

❸「**実績**」を見せる

・立派さは「**勇気**」と「**正義**」で演出せよ

第2章

「聞き手の気分」で人を動かす

交渉上手な人ほど感情的に振るまう

人の判断は、気分に束縛されます。

機嫌のいいときと悪いときで、同じ判断はできないのです。どんなに理性的に見える人でも事情は同じ。

だからこそ、人を説得する際に「聞き手の気分」は無視できません。

現代のビジネスシーンでは、論理思考・エビデンス思考・理系思考といった考え方がもてはやされ、気分のようなあいまいなものが軽く見られがちです。

しかし実際には、海外でも**エリートほど気分を直視**します。

そして、自ら感情的に振るまい、「聞き手の気分」を巧みに利用したうえで、自分の利益へと誘導するのです。

そのわかりやすい例が、ドナルド・トランプ現アメリカ大統領（彼がエリートなのかどうかは別として）。

過激な発言やパフォーマンスだけのイメージが強いですが、彼がビジネスマンとして成功し、大統領選に勝ち、現在でも根強く支持されているのは、まぎれもない事実です。

その理由は様々考えられますが、弁論術の観点から言えることがあります。それは、**「聞き手の気分」をコントロールしている**こと。

彼の話法には大きな特徴があります。

どんな話題でも明確な「敵」を作りだし、それに対する恐れ・不安・怒りの感情をあおっているのです。

移民・テロ支援国家・貿易相手国――こうした敵が、いかにアメリカ国民の生活をおびやかす悪いやつらなのか、聞き手（とくに生活に困っている層）に向かって、彼は繰り返し説きます。

そうして恐れ・不安・怒りをあおり、その感情のはけ口として、政策を提示する。すると、感情を揺さぶられた聞き手は「彼しかいない！」となっているというわけです。

極端な例ではありますが、彼の「聞き手の気分」に訴える語り口が、効果的に機能しているのは間違いありません。

気分をあおるための3つのポイント

では、どうすれば「聞き手の気分」をあおり、こちらが望むままに動いてもらえるようになるのでしょうか。

押さえておくべきは、次の3点です。

❶ **話に「生々しさ」を持たせる**
❷ **率先して感情的になる**
❸ **感情の「はけ口」を指定する**

先にあげたトランプは、そのほとんどの発言がこの構造通りに行なわれていると言っても過言ではありません。

では、この技法について具体的に解説していきます。

❶ 話に「生々しさ」を持たせる

まず、「話に〝生々しさ〟を持たせる」について。

たとえば、会社の会議で、ある斬新な商品企画をプレゼンするとします。

この企画は、定番商品に頼りきってジリ貧になりつつある会社を救うための、あなたなりの窮余《きゅうよ》の一策ですが、カタい社風の中では異例のもの。

企画を通すのは骨が折れそうですが、ここでは「聞き手の気分」を攻める手法をとりたいと思います。つまり、定番商品がすでに顧客に飽きられている事実を突きつけ、焦り・不安・悔しさをあおるのです。

しかし、会議のような場で、参加者の感情を揺さぶるのは簡単ではありません。どんなに言葉を尽くしても響かないことはよくあります。

そこで、使えるのが「生々しさ」です。

人は生々しさを感じることで、はじめて感情が動かされます。

そもそも人は、**自分に関係ない話を、しっかり聞けません**。

目の前で熱心に話されても、自分に関係ないと感じた時点で、頭では別のことを考えたりしがちなのです。

だからこそ、聞き手自身に関係ある話だと思ってもらうため、「われわれの目の前で起きていることだ」という生々しさをアピールする必要があります。

なので、ここでは顧客の生の声を突きつけましょう。商品にとってその利用者の声ほど、生々しいものはないからです。

その際は、自分で文面を打ち直したものではなく、SNSの反応などを画面そのままプリントアウトしたものがベスト。手書きのアンケートを見せるのであれば、筆跡がわかる実物のコピーを見せましょう。そちらのほうが、より生々しさを感じさせるからです。

ただし、生々しさのある材料を示せば感情をあおることができる、というわけでもありません。

次に大事なのは、それを使った語り方です。

❷ 率先して感情的になる

「聞き手の気分」をあおるには、自分も感情的になったほうが効果的です。

感情を表に出すのが得意ではない人には難しく感じられるかもしれませんが、普段抑えがちな表現を少し見せるだけで大丈夫です。感情というのは、ちょっとした表情の変化だけで伝わります。

不安げに、悔しげに資料を読み上げ、語るのです。

それでも感情を表に出すのが苦手なら、

「この状況には、**焦り**を感じます」

「この業績比較を見ると、**非常に悔しい**」

「先行きを考えると、**不安だ**」

と**感情を表す言葉を口に出す**のも効果的です。
いずれにせよ、説得する側が率先して感情的になるというのは、ギリシャ・ローマ式弁論術の奥義の1つでした。

キケローは、気分による説得を解説する際にこう言っています。

「君たちにこんなことを説いているのも、君たちに、弁論のさいに、怒り、憤り、涙を流せる弁論家となってもらいたいためなのである」――『弁論家について』第2巻47章（大西英文訳）

実際、古代ローマの議会では聞き手の感情を動かすために、自分から率先して、大いに怒り、泣きながら説得を行なっていたようです。

とはいえ、そんなふうに大げさにやる必要はありません。

むしろ、**図らずも感情的になってしまった**という様子で、言葉の端々にそれをにじませましょう。

感情は伝染します。こちらが感情的になれば、相手も知らず知らずのうちに感情的になるものなのです。

❸ 感情の「はけ口」を指定する

ここまで「聞き手の気分」をあおるための心得を、2つ見てきました。

基本的にはこの2つで、「聞き手の気分」をあおるのは十分と言えます。しかし、それだけでは、言葉で相手を動かすという目的を果たしてはいません。

このあおった「聞き手の気分」をこちらの望む結論や行動に具体的に結びつけて、はじめてそれに成功したと言えるのです。例で言えば、商品企画が承認されることがゴールです。

そこで必要になるのが、聞き手に対して「では、どうすればいいのか」という感情のはけ口をはっきりと語ること。

ネットではよく「あおり」という行為が見られます。

あおりはほとんどの場合、周囲の気分をあおるだけあおって、「では、どうすればいいのか」を語ることなく放りだします。

しかし、気分というのは一種のエネルギーです。膨らめばどこかにはけ口を求めます。

そのはけ口を指定しないことには、聞き手がどんな行動に出てしまうかわかりません。

だからこそ、「では、どうすればいいのか」を語ることで、はけ口までしっかりと道筋をつける必要があるのです。

ここで大切なのが、こちらの提案する「では、どうすればいいのか」が、唯一絶対のものとして語ること。

先の企画会議の例で言えば、

「いわば、こうした企画を実行できるかどうかが試金石になってくる」
「この企画は、今の状況を変える起爆剤になる」
「これができないようでは、状況は変わらない」

といったように、**強い言葉で誘導**する。

こうすることで、あおり立てた感情のエネルギーを、こちらの提示する一点に導けるのです。

これが、先にあげたトランプを含め、現代あるいは歴史上の説得の達人がやっている、人を動かす手法です。

格上の相手は「義務感」で動かす

「聞き手の気分」で人を動かす基礎を解説してきましたが、次からは、具体的にどういった相手に効果的なのか見ていきます。

仕事で緊張する場面の1つが、格上の相手との交渉です。

立場、あるいは能力がはるかに上の相手を説得し、動かさなければいけない。社会人として働いていれば、そんな場面が不意にやってきたりします。

「気難しい上司の説得」
「企業の社長との交渉」
「怖そうな職人への依頼」

こうした状況に直面すると**テンパるばかり**で、何をどうすればいいのかわからなくなるものです。

「マナー」を守れば話を聞いてもらえる

格上の相手を説得する際、話す内容だけで納得させられれば楽なのですが、多くの場合そうはいきません。

相手が格上であればあるほど、こちらの話す内容など聞いてもらえないでしょうし、そもそも緊張して普段のように話すのも難しい。

だからこそ、少なくとも話を聞くに値すると思ってもらうことで、話し合いのスタートラインに立ってもらう必要があります。

それを可能にしてくれるのが、「話し手の人柄」の視点です。

では、どう振るまえばよいのか。

格上の相手に人柄を売りこむというと、**奇をてらったことを考える**人が少なくありません。

トガッたことを言ったり、変わった服装をしてみたり……

たしかに就活などの武勇伝として、そういった話は聞いたことがありますが、そうした手段でうまくいくというのは、ファンタジーだと割りきったほうがいいでしょう。

相手を事前に調査し、相手の求める人物像がわかったうえで、あえてそれをやるのならイチかバチかでいいかもしれませんが……失敗したときのことを考えると割に合いません。

そんな奇策よりももっと簡単で、大事なことがあります。

それが、**マナー**です。

当たり前すぎて驚いたかもしれませんが、マナーが社会人にとって「当たり前」になっている理由を、改めて考えなくてはいけません。なぜ、正しい言葉づかいやお辞儀の仕方、名刺の渡し方や受けとり方といったことが大切だとされているのか。

それは、こうしたマナーが多くの人に気に入られるための、**最大公約数の振るまい**だからです。

筆者は仕事柄、様々な著名人に会ってきましたが、変わった人はいても、マナーがなってないという人はほとんど会ったことがありません。

ネットで荒くれているタイプのカリスマも、会ってみれば正しいマナーで名刺を渡してくれる人でした。

どんな人でも**最低限のマナーは守っている**。

裏を返せば、どんな人であってもマナーのちゃんとした人には好感を抱くという証拠でもあるわけです。

「義務感」は人を束縛する

では、マナーに気をつけたとして、格上の相手を説得するにはどういう話の持っていき方をすればいいのでしょうか?

キケローの著書『弁論家について』にいわく、人を動かすことを目的とした説得には2つのすじ道があります。

❶ 義務感に訴える
❷ 感情をあおる

このうち、格上の相手を説得する際には、とくに前者の「**義務感に訴える**」ことが大切です。

義務感とは「この立場にある以上、こうしなければいけない」という感覚のこと。力や立場のある人は、それにともなった義務を自然と意識しているものです。

「権力者の義務」「専門家の義務」
「リーダーの義務」
「上司の義務」「先輩の義務」

これらの義務は、他人に期待されたり、自分で「そうしなければ」などと意識したりすることで、**その人の行動を束縛**します。

だからこそ、格上の人を説得するにはその義務感を突き、「聞き手の気分」を揺さぶるのです。

つまり、相手をリスペクトする姿勢を見せながら、「あなたが○○しなければいけない」と訴える。

たとえば、次のように。

「こんな難しい仕事を頼めるのは、○○さんしかいないんです」
「ここで決断を下すのは、部長にしかできないと思います」
「こうした専門知識を一般に紹介できるのは、この分野の第一人者であるあなたしかいません」

ヨイショに感じさせないために

ただし、言い方がわざとらしいと、いわゆる「**ヨイショ**」ととらえられてしまうかもしれません。

それを防ぐためには、「あなたしかいない」「ほかにできる人がいない」ことの具体的な「**根拠**」を伝えられるとさらにいいでしょう。

というのも、能力・地位が高い人ほど、根拠に基づいて考えるクセがついているもの。

そういう人は「あなたしかいない」と言われても「そうかそうか」などと能天気に受け入れたりはしません。「なぜウチなんですか？」「なぜ私なんですか？」という質問を返してくるのです。

だからこそ、そこの具体的な根拠は事前に用意しておき、次のような言い方ができるようにしておくことが大切です。


「売り上げ○○億円といった実績を持った人は、ほかにいないんですから」

「○○社もの会社の上場を指揮してきた人がほかにいますか」

「現場の気持ちもわかってくださる部長だから、お願いしてるんです」


この「根拠」という視点は、次章で解説する「内容の正しさ」の土台となります。

格上の人を動かすには「義務感」が一番効くと押さえておきつつ、その際には「根拠」を添えておく必要がある、そう覚えておきましょう。

やる気のない人は「恐怖」で動かせ

仕事などのやりとりで厄介なのが、何かを頼んだときに「ああ、やっときます」と返事をしたのにやらない人。「できない」と言ってくれればいいのですが、「やる」と言っておいてやらない。

そういう相手が、上司だったり、部下だったり、同僚だったり、場合によっては家族だったりもしますが、運が悪ければ振り回されることになります。

こういうタイプの人を動かす技術としては、

「指示・依頼を具体化する」「期限を区切る」

といった方法がよくおすすめされます。実際、皆さんもやっているでしょうし、ある程度の効果はあるでしょう。

ただし、こちらの立場が相手より上でないと使いにくいですし……いくら丁寧に指示してもやってくれない、そういう困った人にはどうしようもありません。

ここでは、「聞き手の気分」を使って、こうしたやる気のない相手を動かす技術を紹介しましょう。

ちょっとどギツい方法になるかもしれませんが、「やる」と言ってやらない人を確実に動かしたいのなら、このくらいのことは最低限やる必要があります。

やる気のない人に理屈は通じない

そもそも、こういう「やる」と言ったくせにやらない人というのは、何を思っているのでしょうか？

端的に言えば、

「やろうがやるまいが、自分には影響がない！」

と思っているのです。

ならば、こういう人を動かすには「**自分に影響がある**」と思わせることが大事でしょう。

それも、心の底から思わせなければなりません。

その場合、理屈を語ってもダメ。

この手の人は、理屈で説得されたりはしません。もっと直接的に心を揺さぶらなければならないのです。

では、どうすればいいのか？

前項で、キケローが示す、人を言葉で動かすための2つの道筋をご紹介しました。それが、❶義務感に訴える、❷感情をあおる。

格上の相手を動かすためには義務感を利用しましたが、今回は❷の感情を使います。義務感を利用しようにも相手の義務感が弱いから、そういう状態になっているのですから。

さて、どのような感情をあおればいいのか？

それが、「**恐怖**」です。

恐怖は歴史的に見ても、人を動かすのに利用されてきた由緒ある感情。

政治指導者は刑罰の恐怖や敵国の恐怖などによって大衆を動かしてきましたし、恐怖を利用した犯罪である恐喝は、はるか昔から今に至るまでなくなりません。

そこまでたいそうな話でなくても家庭で一度は耳にする、

「お父さんに言いつけるよ」

「お母さんに言いつけるよ」

「次やったら、おやつはなしだよ」


などというのもソフトな形にせよ、本質的には恐怖を利用して人を動かそうとしているのです。

それだけ恐怖は、幅広い人を動かすのに使い勝手のいい感情だと言えます。

「恐怖」とはどんな感情なのか

では、そもそも「恐怖」とは何か？

アリストテレスは『ニコマコス倫理学』において、恐怖について「**悪いものの予期**」と定義しています。「悪いことが起こるんじゃないか」という予感こそが恐怖なのです。

したがって恐怖で相手を動かすには、「言われたことをやらないと、悪いことが起こるんじゃないか」と思わせなければなりません。

しかも、その「悪いこと」は、所属する部署やチームなどに対してではなく、聞き手個人に関わるもののほうが良いでしょう。

ほとんどの人間にとって、「やらないと、会社に悪いことがあるよ」より、「やらないと、君自身に悪いことがあるよ」のほうが恐ろしいものです。

それにまあ、こういう言い方もなんですが、とくに「やる」と言ってやらないような責任感が薄いタイプの人間には、個人あての悪いことのほうがてきめんに効きます。

では、具体的にはどんな「悪いこと」で恐怖心をあおるのがよいのか。

仕事の場面では、やらないと**「責任問題になる」**という責め方が、どのような立場の人物に対しても有効でしょう。

たとえば、次のように。

（部下に）「これが遅れると、仕事が止まっちゃうからな」

（他部署に）「できれば急いでもらえると。作業がどこで止まっているのか、上も見てると思うんで」

（発注先に）「前にこの期限を守らなかったときに、相当問題になったみたいなんで」

（上司に）「社長もこの仕事の進捗はかなり気にしているらしいので、決断は急いだほうがいいと思います」

あいまいさが恐怖を引き起こす

また、あいまいな言い回しでネガティブな内容をぶつけるのも、恐怖をあおるのには有効です。

「期限通りにやってもらわないと、本当にヤバいんで」

「この作業が遅れたせいで、前にとんでもないことになったんで」

「本当にヤバい」「とんでもないことになった」、こうした**あいまいさは恐怖心への呼び水**になります。

こうすることで「何があるんだ?」「自分にも何か起きるんじゃないか?」と想像させるのです。

人間には、あいまいさを目の当たりにすると、想像で補って大きくしてしまう心理的な性質があります。

たとえば、占いや予言。占い師や予言者を信じている人は、「○○に当てはまる人には、悪いことが起きるぞ」（実際にはもっと神秘的な言い方をするものですが）とあいまいに言われただけで、「悪いこと」の内容を勝手に補います。

そして「アレが起こるんじゃないか」「コレがそうだったんじゃないか」と悪い想像の渦に巻きこまれてしまいます。

内容があいまいだからこそ、自分が恐れるものを勝手に想像してしまうのです。

恐怖させるには、**語り口も大事**です。

相手の感情を揺さぶるためには、自ら率先して感情的になるべきだというのはすでに話しましたが、それはこの場面でも同じ。

明るい声や軽い調子で話してしまっては効果はありません。率先して恐ろしそうに、深刻そうに語りましょう。

仮に相手が「ヤバいこと」「とんでもないこと」の内容を尋ねてきたら、重ねて深刻そうに「それは言えないんですけど」と言葉を濁しましょう。とにかくここでは、あいまいさをキープし、相手に想像させることが大事なのです。

冒頭であげたような、責任感の薄い怠け者には、恐怖とこうしたあいまいさが有効なのです。

ただし、そんな怠け者にも少しでも責任感があるようであれば、あいまいさを廃して具体的なリスクを伝えたほうがよいでしょう。

「義務感」を刺激するのは、彼らにも有効なのです。

競わせて人を動かす

恐怖で相手を動かす方法に抵抗感がある人には、「**競争心**」で相手を動かす方法もあります。

競争心もまた、古代ギリシャの時代から人を動かすのに使われてきた感情です。

競わせることが前提になるため、やる気のない者や上司には使いにくい方法ですが、次のような言い回しは有効でしょう。

（部下に）　「○○さんに頼んだときには3日でやってもらったんだけど、それぐらいでできるかい？」

（他部署に）「○○さん（前任者）のときには、すぐにご対応いただけて助かりました」

（発注先に）「○○社さんには必ず納期は守っていただいてたんですが、今回は××社さんにお願いできるってことでいっそう安心してます」

「○○さん」「○○社さん」が相手にとってライバル的な存在であれば、さらに効果は増します。

そうした人間関係・会社関係を把握しているのなら、とくにこうした方法を試すのもいいでしょう。

すぐキレる人には「黙る」が効く

たいていの社会人は、個人的な感情と仕事のやりとりは別だと考え、どんな場面でも理性的であろうとしているもの。

なので、ちょっとくらい怒ったり、嫌ったりすることがあったとしても、まったく話を聞かなくなるなんてことはないでしょう。

ただし、まれに出くわすのが**激情型の人間**です。

感情の起伏が激しく、感情のおもむくままに振るまう。彼らは次のような行動原理になっているのです。


「ムカつくから、見返すために頑張る」

「可哀そうだから、助ける」

「嫌いだから、助けない」

こうした人から嫌われると、何をしてくるかわからないので大変です。ヒステリックになった顧客、キレた上司、ふてくされた同僚や部下――敵に回すとじつに厄介なことになります。

ここでは、感情的になった相手への対処法を考えていきましょう。

キレた相手には何を言ってもダメ

まず、感情的になった人を相手にする際に大事なことを確認しておきましょう。

それは、「**魔法の言葉はない**」ということ。

それさえ言えば、一瞬で平静をとり戻したり、静かに話を聞いてくれたりするようになるフレーズはありません。

そこのところを勘違いし、「何を言ったら、わかってもらえるのか」と考え続け、さらに事態を悪化させてしまう人が少なくありません。

そもそも、そうした発想自体が間違っています。何を言ったってダメなのです。では、どうすればいいのか？

黙って聞いて消耗させる

ここでするべきなのは、「何を言ったら」とは真逆のこと。

つまり、**黙って相手の話を聞く**のです。

「黙っていても、相手がヒートアップするばかりで、収拾がつかなくなるんじゃないの？」と考えるかもしれませんが、そんなことはありません。

むしろ、黙って聞く行為には、相手の**感情をなだめる効果**があるのです。

電話のクレーム対応の専門家に聞いた話ですが、クレーム対応の現場では「**消耗**《しょうもう》**法**《ほう》」という方法がとられているそうです。

これは、感情的になった相手の話をひたすら聞き続け、感情エネルギーを消耗させるというもの。

実際、感情的になった人を相手に聞き役に徹してみるとわかりますが、たいていは、あいづちしか打たない相手に何分も怒り続けられるものではありません。しばらく感情のおもむくまま同じ話を繰り返しますが、そのうちエネルギーが枯渇して口数が少なくなってきます。

人が一方的に怒り続けられる時間は最大で30分という説もあるようで、消耗法でもその時間を目安に頑張るよう教えられます。

そこまでくれば、相手は言いたいことも尽きて、こちらの話を聞くしかなくなってくるのです。

その状態に持ちこんでから、改めて話をする。

これが消耗法の手法です。それだけで、話を聞いてもらうための難易度は一気に下がります。

キレた相手を理解する

続いて、別の角度からもキレた相手への対処法を見てみましょう。

そもそも感情的になった相手に対して、「何を言ったらいいかわからない」という状態になってしまうのは、**相手の情報が不足しているから**ということもあります。

つまり、相手の考えていることがさっぱりわからないから、何を話せばいいのかわからない、という面もあるのです。

ならば、その意味でもいったん黙って聞くべきです。

感情的になっている相手の言い分に耳を傾け、感情的になっている原因、相手の持っている意見などを探るのです。

その工程をはぶいては、相手をなだめるための適切な謝罪も説得もできません。

まずは、聞き手の言い分や考え方を知る

これは、序章でも触れたように、**弁論術において重要な態度**です。

欧米エリートが行なう交渉というと、華麗な話術をイメージしがちですが、それは交渉術の後ろ半分に過ぎません。

交渉のプロといえど、まずは相手の言い分や考えを理解し、そのうえで最善の言葉を相手に投げかける。

これがうまく交渉を進めるための、必須プロセスなのです。

その面でも、感情的になった相手に対して、いったん黙って聞くという選択は正しいと言えます。

相手の言い分を引用する

では、黙って相手の話を聞いたあとには、どうすればいいのか？

消耗法の効果で相手のボルテージは下がっていると思いますので、変わったことはせず（その「変わったこと」がまた燃料になったりするのです）、普段通りに話を進めていくのが王道です。

ただし、それだけでは芸がないですから、ここで1つスパイス的に、感情的になっている（いた）相手に対して効果的なテクニックをご紹介しておきましょう。

それは、**相手の言い分を引用**しながら話を進めるというものです。これだけで聞く側の抵抗感はぐっと少なくなります。

たとえば、次のように話すのです。

「○○さんも先ほどおっしゃっていたように～」
「○○さんがご不満に思っていた～という点は、じつは私も同感でして」
「先ほどうかがった～というご意見から見ましても」
「先ほどの～というご提案は、大変参考になるものでして」

相手の言い分はねじ伏せるのではなく、むしろこのように引用し、それに沿って相手を動かしたほうが無理がないのです。

キケローが著書の中で説いた人を動かすための格言に、

「動こうとしない馬を動かすより、走っている馬に拍車をかけるほうが楽」

というものがあります。

怒った相手を動かすにしても、相手の言葉を使ってあげたほうが楽なのです。

そのため、相手の話を聞いているときも、いつでも引用できるよう自分に有利な言い分を意識的に拾っておくことが大事でしょう。

また、この引用するというのが、感情的になった相手に対してとくに有効なのは、それによって「**あなたの話をしっかり聞いていますよ**」というメッセージにもなるからです。

感情的になった相手にとっての一番の地雷は、話を聞いていないと思われてしまうことなのですから。

「人を動かす」ポイント　「**聞き手の気分**」編

・相手の「**気分**」を利用するためには、

❶「**生々しく**」語れ

❷こっちも**感情的**になれ

❸1点に**誘導**せよ

・「**義務感**」「**恐怖**」「**競争心**」で人は動く

・**黙って**相手の気分と言い分を理解せよ

第3章

「内容の正しさ」で人を動かす

どう話せば説得力が出るのか

この章では、人を説得するための3要素の最後、「内容の正しさ」について説明します。

正しい話には説得力があります。ここまではいいでしょう。

しかし実際問題として、どんな話をすれば聞き手に「正しい」と感じてもらえるのかについては、あやふやなままの人が大多数ではないでしょうか。

正しい話に必要なのは「根拠」と「論理」

弁論術では、話す内容だけで「正しい」と感じてもらうために必要なものは、次の2

つだとしています。

❶ 信頼できる「根拠」
❷ 納得できる「論理」

具体的にはどういうことか。とりあえず、それぞれの要素をざっと見てみましょう。
たとえば、次のような発言があったとします。

「朝の天気予報で〝晴れ〟と言ってた。最近の予報はよく当たるし、今日はきっと晴れるよ」

これを分解すると、

「朝の天気予報で〝晴れ〟と言ってた」（根拠）
「最近の天気予報はよく当たる」（論理）
「今日はきっと晴れる」（結論）

となります。

聞き手が「天気予報では〝晴れ〟だ」という根拠を信頼し、「最近の天気予報はよく当たる」という論理に納得したとき、そこではじめて「今日はきっと晴れる」という結論が、「正しい」と感じるわけです。

面倒くさく感じるかもしれませんが、他人を「正しさ」で説得するためには、このモデルが基本になります。

「根拠」を示し、「論理」でつなぎ、「結論」を伝える

すっきりとこの構造が当てはまる意見であれば、聞き手には論理的で正しく聞こえます。

これは基本的に、**世界のどこに行っても通じる、正しさのスタンダード**です。

このモデルさえ押さえておけば、どんな相手であろうが、カリスマであろうが、大統領であろうが、「私の話は正しい」と胸を張って主張できるのです。

説得力ある「根拠」とは何か

そこで、まず大事になるのは「根拠」です。

しっかりとした根拠を用意することが、「内容の正しさ」を伝えるための土台となります。

では、どういう根拠が聞き手に信頼されるのか。

有効性でランクづけすると、次のようになります。

Aランク　聞き手がすでに信じているデータや意見
Bランク　権威あるデータや意見
Cランク　自分なりのデータや意見

たとえば、若者に人気のある動画アプリを使用した商品プロモーション企画を、会議で通したいとします。

この会社では、そうしたプロモーション自体、はじめての試みです。

そこで「今、もっとも影響力を持っているのは動画アプリだ」という意見を根拠に、社長にプレゼンするとしましょう。

この際、同じ「今、もっとも影響力を持っているのは動画アプリだ」という根拠でも、どのランクの語り方をするかで、**説得力が大きく変わってきます**。

Aランク　「社長自身がおっしゃっていたように、今、もっとも大衆に影響力を持っているのは動画アプリです」

Bランク　「あのサワー・エレクトロニクス社CEOのピーター・クレイブンも、〝今、もっとも大衆に影響力を持っているのは動画アプリだ〟と言っています」

Cランク　「今、もっとも大衆に影響力を持っているのは動画アプリだと、私は思います」

まず、Cランク。

「私の考えでは」や「私の印象では」といったように、自分にしか裏づけがない根拠は避けたほうが賢明です。

もちろん、まったくダメなわけではありませんが、シビアな交渉事の場合、根拠のそのまた根拠まで求められるものなので、それについての入念な準備を覚悟する必要があります。

ただし、自分自身に「実績」があれば、その限りではありません。

先の例で言えば、提案者が社内で有名なヒットメーカーであれば、細かく根拠の根拠を説明しなくても企画はすんなり通るでしょう。

そう、「話し手の人柄」で説明したように**「実績」が大事**なのです。

次いで、Bランクの根拠。

データの出どころに権威があれば、その根拠は説得力を持ちます。

データ1つとっても、「これは私が調べたデータなんですが～」よりは、「○○研究所の調べによると～」のほうを聞き手は信用するのです。

だからこそ、専門機関のデータ、その業界で当てにされているデータ、専門家や実績ある人物の意見などは、積極的に利用していきましょう。

ただしこの際、気をつけなければいけないのは、**聞き手にもなじみある権威**であること。

例で言えば、あなたがいくら「サワー・エレクトロニクス社CEOのピーター・クレイブン」を尊敬し、権威だと考えていようとも、聞き手が同じように感じていなければ意味がありません。

そのためにも、聞き手の考え方については、事前に把握しておくべきです。ちなみにピーター・クレイブンは、まったく架空の人物です。

そして、ベストな根拠、Aランクについて。

相手の意見を根拠にすれば、相手から「その根拠は信じられない」と言われることはありません。

例で言えば、「今、もっとも影響力を持っているのは動画アプリ」というのは、そもそも社長の意見であるため、異論が出るはずがないのです。

根拠というと、目新しいデータや意見を持ちだしたほうがいいように思われがちですが、それは誤解。むしろ、すでに**相手が信じているデータや意見**から、こちらの言いたい結論を導きだしたほうが確実なのです。

だからこそ、国家間の交渉や巨額の資金が絡むシビアなビジネスの交渉では、相手の情報分析にかける時間・お金を惜しみません。

相手の考えに沿った強力な根拠を提示し、あたかも相手に主導権を渡しているかのように装いながら、自らの利益へ誘導していく。

こうしたやり方こそ、ベストな交渉の進め方だからです。

エビデンスだけでは説得できない

次に「論理」についてです。

いくら強い根拠があっても、「それがなぜ結論につながるのか？」という論理がなければ、聞き手を説得することはできません。

最近では、「根拠」を英語にした「エビデンス」という言葉が流行語のようにビジネス界隈《かいわい》で流布《るふ》し、根拠さえあれば説得できるという誤解が蔓延《まんえん》しています。

しかし、どんな根拠もそれを結論につなげる、**論理がなければ無力**です。

たとえば、あるお店では購入後２週間経つと返品できなくなるルールを設けていて、そのことはレシートに書いてあったとします。

それを知らないお客さんが３週間後に返品しようとしたので、お店の人がこう言ったらどうなるでしょうか？

× 「購入いただいてから3週間経っておりますので、申し訳ございませんが、返品はお受けできません」

根拠はしっかりあります。

「（購入後２週間経つと返品できなくなるのに）もう３週間経ってしまっている」とい

うものです。先の例でいえば、Bランクに入る法的な権威のある根拠です。

しかし、その根拠はお客さんに伝わっていません。

そのため、お客さんは言われていることの意味がわからずに「なんで？」と聞き返してくるでしょう。

そこで、お店の人は相手の立場に立ったうえで、根拠と結論をつなぐための論理を補い、こう言うべきです。

○「購入いただいてから3週間経っております。当店では、2週間以上経った商品は返品できないことになっており、レシートにも記載されております。申し訳ございませんが、返品はお受けできません」

この発言を分析すれば、このようになります。


（根拠）「その商品は買って3週間が経っている」

（論理）「契約上、2週間が経過した商品は返品ができない」

（結論）「だから、返品できない」

大事なことなので何度でも言いますが、「正しさ」による説得のためには、根拠だけあってもダメ。

「論理」によって「根拠」と「結論」を橋渡しする必要があるのです。

日本人は「論理」を意識する習慣がない

この論理が厄介なのは、日常会話でよく省略されるところです。

それが、お互いにとって当たり前のものであればあるほど、論理はいちいち口には出されません。

そのため、ほとんどの人は論理を意識する習慣がついていないのです。そして、この習慣がないことこそ、**日本人が議論に弱い理由**ともなっています。たとえば、

「この企画は画期的だから、採用しよう」

という言い分にも論理が省略されています。本当の内容は、

「この企画は画期的だ。**（画期的なものは採用すべきだ。）**だから、採用しよう」

なのです。このカッコ内の論理を、多くの人が意識できていない。

だからこそ、「画期的だから採用するというのは、論理的ではないのでは？」という論理の飛躍を指摘されると、不意打ちをくらったかのように固まってしまう。そんな論理を語っていたなんて、自分でもわかっていなかったからです。

そして、欧米エリートが議論に強いのは、この論理を意識することを徹底的に叩きこまれているため。

とにかく、説得や議論で論理を見失わないためにも、まずは日常会話のレベルから論理を意識するクセをつけることが重要です。

論理が省略された意見を耳にしたら、次のように補う習慣をつけてみるのもよいかもしれません。

「この猫はかわいいから、飼おう」
⇩ 「この猫はかわいい。（かわいいものは飼うべきだ。）だから飼おう」

「その日は毎年雨だから、今年もきっと雨だよ」
⇩ 「その日は毎年雨だ。（毎年雨なら今年も雨だ。）だから、今年も雨だ」

「彼の給料を上げたんだから、私のも上げてください」
⇩ 「会社は彼の給料を上げた。（同じ境遇の者は同じ待遇を受けるべきだ。）だから、私の給料も上げるべきだ」

こうした思考プロセスに慣れていない人には、とても面倒に感じるでしょう。しかし、論理を意識することは、説得・議論など様々な場面で役立ちます。

常識的な「論理」を使うのが王道

では、実際のところ、どういうふうに論理を語るべきなのか？　そのルールは次の2つだけです。

❶常識的な「論理」を使う

❷「論理」が非常識な場合は、はっきり説明する

まず、❶について。

基本的には誰でも知っている**当たり前の論理**を使わなければなりません。

そもそも論理は省略されがちだと書きましたが、逆に言えば、省略しても問題ないほど、ごくごく当たり前の常識を用いるのが良いのです。

たとえば上司が、部下が顧客に見せる資料をチェックして、こう言ったとします。

「見やすい感じでまとまってるね。**これでいこうか**」

この発言を丁寧に分析すれば、

（根拠）「この資料は、見やすい感じでまとまっている」
（論理）「見やすい資料を、顧客に見せるべきだ」
（結論）「この資料を、顧客に見せるべきだ」

となります。ここでの論理は「見やすい資料を顧客に見せるべきだ」という「当たり前」のものになります。「見やすい資料を顧客に見せるべきだ」という考え方に異存がある人はなかなかいないでしょう。

次いで、上司がこう言ったらどうなるでしょうか。

「見やすい感じでまとまってるね。**でもダメだよ、これじゃ**」

部下も「え？」となるでしょう。これを分析すると、

（根拠）「この資料は、見やすい感じでまとまっている」
★（論理）「見やすい資料を、顧客に見せるべきではない」
（結論）「この資料を、顧客に見せるべきではない」

「見やすい資料を、顧客に見せるべきではない」という★で示した論理は、言葉にされていないだけでなく、**一般常識から見て不可解**です。

そこで❷のルールが大事になります。

「論理」が非常識な場合は、はっきり説明する

この上司が「見やすくまとまってるね。でもダメだよ、これじゃ」と非常識なことを本気で言っているのなら、その論理をはっきりと説明すべきです。

たとえば、

「今回の顧客は見やすさより、多少見にくくてもデータがたくさん載ってるような資料を求めるタイプなんだよ」

と付け加えれば、パニックに陥っていた部下も「そういうことか」と納得してくれるでしょう。

「根拠」はどう探すべきか

人を説得するには、**強い根拠が必要**です。

前項で根拠をランクづけし、相手が主張している意見を根拠にするのが一番強いと説明しました。しかし実際には、相手の意見がわかっている状況はめったになく、Bランク以下の根拠探しをすることになるわけです。

ちなみに出版業界でも、書き手が出版社に企画を持ちこんで交渉することはありますが、先方の意向がわかっていることはほぼありません。

それでも、実績ある売れっ子はいいのです。その人が持ってきたというだけで、話が進むことがありますから。

問題は、売れっ子ではない場合。企画が通る通らない以前に、受けとってさえもらえないこともしばしばです。

もちろん、いかに自分がこのテーマに熱い気持ちを持っているのかといった思いをアピールすることも大事ですが……やはり、それだけでは厳しい。

相手も仕事でやっている以上、その企画を受け入れるには、周囲を説得できる論理的な理由が欲しいからです。

われわれのほとんどは、売れっ子ではありません。なので、ここぞという機会で、熱意だけで臨むのは自殺行為です。

やはり、客観的な根拠が欲しい。

とはいえ、根拠となるデータがいつでも簡単に見つかるわけではありません。とくに、自分の訴える内容が斬新だったり、珍しいものだったりすると、根拠探しに苦戦することでしょう。

ここでは、古代ギリシャ・ローマ時代から受け継がれる、根拠探しの奥義をご紹介します。

根拠探しの思考法「トポス」

根拠探しの方法論を、弁論術用語で「トポス」と言います。

これは、日々論戦を繰り広げていた古代ギリシャ・ローマの哲学者や政治家が、自分の主張や相手への反論のために用いていたもので、「こういう根拠は、こういう結論のために使える」というのを示した、一種の思考の方程式です。

このトポス、アリストテレスが『トポス論』という著書で紹介したものだけでも、**300パターン以上**あるそうです。

全部覚えましょう――というのは、もちろん冗談です（古代の弁論家は、記憶術で膨大なトポスを記憶していた、という話もあるようですが）。

本書では、基本的な5つのトポスをご紹介します。

この5つで十分です（むしろ、ギリシャ・ローマ式の膨大なトポスのほとんどは、現代人の目から見るとマニアックすぎます）。

どれもかなり基礎的な考え方ですが、古代から現代に至るまで、強い「根拠」を生みだし続けてきた**歴史ある思考法**です。

その重みを感じとる意味でも、一度立ち返ってみましょう。

❶「そのもの」に注目して根拠を探せ

最初のトポスです。

根拠探しのためにまずするべきは、自分がとり上げたいもの「そのもの」を扱っているデータを探す、ということです。

「Aという商品を売りたい」と主張したければ、Aの好調な売り上げデータや、Aを高く評価した専門家の意見などを示すのが一番。

ただ、都合よく「そのもの」についてのデータが集まるとは限りません。

たとえば、あなたが「メガ・タピオカシェイク」という、タピオカが大量に入った新商品を提案したいとしましょう。

しかし、メガ・タピオカシェイクそのものの売り上げデータは存在しません。当然です。まだない新商品なんですから。ではどうすればいいのか？

そこで、次のトポスです。

❷「似たもの」に注目して根拠を探せ

そういうときは、「似たもの」に注目して根拠を探しましょう。

Aという商品のデータがなければ、Aと似ている既存商品Bを探し、それが売れているというデータを示すのです。

例で言えば、メガ・タピオカシェイクに似た発想の、別の商品を根拠として出すのです。


「実際に、他社の〝タピオカ大盛りミルクティー〟という商品もかなり売れています。今回のメガ・タピオカシェイクもいけるのではないでしょうか」

メガと大盛りであれば、「似たもの」と言って問題ないでしょう（あまりに似ているので、それはそれで問題なような気もしますが）。

ここで大事なのが、どの特徴を見たうえで「似たもの」とするか。

メガ・タピオカシェイクであれば、「量が多い」と「タピオカ」の2つの要素に注目し、同様の特徴を持つ、タピオカ大盛りミルクティーを比較対象としました。

なお、もう少し離れたところからでも「似たもの」は引っ張ってこられます。たとえば「量が多い」という要素だけに着目して、

「パクチーブームのときにも、パクチーをありえないくらい大盛りにしたサンドイッチがヒットしました。〝パクチー大盛りサンドイッチ〟は、パクチーブームがある程度、飽和状態になったときに、〝量〟の概念でブレイクスルーした商品です。その点で、このメガ・タピオカシェイクと共通点があります」

といった感じで、多少説明を付け加えれば十分な根拠になります。

こうしたことは、「トポス」ともったいぶらなくても、多くの人がやっていることでしょう。

とはいえ、考え方の基礎を押さえるため、丁寧に進みます。

続いて、「似たもの」が見つからなかった場合。

❸「属するもの」に注目して根拠を探せ

今度は、「属するもの」に注目して根拠を探します。

「属するもの」とは、「似たもの」に比べて、ゆるやかに対象を選ぶことができます。

メガ・タピオカシェイクが属しているのは、たとえば「タピオカ関連商品」という枠組みでしょうか。

それに関するデータを引き合いに、

「資料を見てもわかるように、昨今のブームでタピオカ関連商品の売り上げが拡大しています。今回のメガ・タピオカシェイクだって、かなり期待できるのではないでしょうか」

という言い方ができるでしょう。

このほかにも、メガ関連商品でくくってもよいですし、シェイクが盛り上がっているのであれば、シェイク関連商品のデータを持ちだしてもよいでしょう。

さらに大枠で見て、食品全般や原材料であるキャッサバ市場からデータを持ってきてもよいかもしれません。

このように、根拠探しに困ったら「それが何に属するのか？」を考え、自分のアイデアを補強できるデータを探すのです。

❹「ましてや」に注目して根拠を探せ

少し視点を変えますが、もっと強力な根拠が欲しければ、「ましてや」という言い方で根拠に使えそうなものはないか、探してみましょう。

新商品Aより品質の低い類似商品Bがヒットしている事実を発見すれば、それを根拠に「あの商品Bでさえヒットした。ましてや、今回の新商品Aなら言うまでもない」と言うことができるのです。

メガ・タピオカシェイクの例で言えば、次のようになります。


「ご覧のように、中途半端な量で地味に売りだしていた〝大盛りタピオカシェイク〟でもかなり売れています。量や容器のデザインにこだわった今回の新商品なら、まず間違いないのではないでしょうか」

言い回しも相まって、これまで紹介したどのトポスよりも強い印象を与えることができます。

この根拠探しの方法は、「**ましてや・いわんやのトポス**」と呼ばれ、数あるトポスの中でも代表的なものです。

ちなみに、アリストテレスは著書『弁論術』の中で次のような例を出しています。

「父親をさえ殴る者は、周囲の人間をも殴る」

「血のつながった父親さえ殴る。ましてや、他人であれば言うまでもない」というわけです。

古代ギリシャにもロクデナシはいたようです。

❺「反対のもの」に注目して根拠を探せ

最後に紹介するのは、「反対のもの」についてのデータを探してみるという方法。

これは、「自分の主張と反対のことをするとどうなるか？」を想定し、有利なデータがないか、考えるという視点です。

メガ・タピオカシェイクの例で言えば、インパクトにこだわったメガ・タピオカシェイクと反対の、「インパクトに欠けた商品」の失敗例を引き合いに出すわけです。

たとえば、

「わが社の去年の夏商品の失敗の理由は、見た目のインパクトに欠けたことでしょう。それは顧客アンケートを見てもあきらかです。だからこそ、今年の夏はインパクトで勝負してみましょう」

このトポスを使いやすいのが、二者択一の場面です。

ある仕事をA社に依頼するか、B社に依頼するかという場面で「A社にするべきだ」と主張したい場合、反対の「B社はよくない」という根拠を探せばいいのです。

たとえば、次のように。

「B社に依頼したところからは○○、××といった不都合が報告されているようです。A社に依頼したほうが安全ではないでしょうか？」

以上、トポスを5つご紹介しました。

やや多かったかもしれませんが、300以上ある中から5つに絞ったと考えれば、上出来でしょう（笑）。

どれもシンプルなものですが、歴史があり現代でも通用する考え方です。

データ探しに困ったときには、あえてこうした視点に立ち返ってみるのも、よいかもしれません。

ツッコまれにくい意見の作り方

何気ない意見を言ったとき、思ってもみなかった「**ツッコミ**」を受けてぐうの音も出なくなってしまった。

そんな経験はないでしょうか？

「渾身の準備をしてきた企画が、簡単に却下される」
「自信のアイデアが突っぱねられてしまう」
「ちょっとした軽い提案も相手にされない」

そうなってしまうのは、ツッコミに強い意見に仕上げるためのいくつかの**ツボを押さえていない**から、かもしれません。

では、どうやったら自分の意見がツッコミに強くなるのか。

とくに仕事の場面で有効なツッコミ耐性のつけ方について、弁論術の観点からポイントをご紹介したいと思います。

職場でツッコまれるのは「根拠」の甘さ

日本人が「論理」「根拠」をあいまいにしがちであることは何度か指摘しました。しかしその一方で、聞き手というのはそうした要素を重く見ているものです。

とくに多いのが「根拠」へのツッコミ。


「なんでそう言えるんだ」「根拠は？」

「そのデータはおかしいだろ」

「その意見は信用できるのか」


などなど、皆さんも職場でこうした発言を聞いたことがあるはず。これらのツッコミ

を防ぐには「内容の正しさ」で説明してきたことの復習になりますが、

- ◉「根拠」を示し、「論理」でつなぎ、「結論」を伝える
- ◉強い根拠を使う
- ◉根拠が見つからなければ、トポスで探してみる

といったことを意識する必要があります。そうしておけば、たいていのことには対応できるでしょう。とはいえ、ツッコミというのは、予想だにしない方向からふいにやってくるものです。

外部からの「そもそも論」に備える

そこで別の視点から、意見がツッコまれやすくなるシチュエーションを見てみます。

ある特定の分野に詳しくなってどっぷりつかりすぎると、他人が当たり前だと思っていないことまで、当たり前だと思ってしまうもの。

その結果起こるのが、自分の当たり前を疑う質問をぶつけられて、言葉に詰まる事態。そういうものほど、ツッコまれると答えられないものなのです。

知り合いの編集者が、ある分野のカリスマに出版の依頼をしに行ったときのことです。そのカリスマにとってはじめての著書ということもあり、彼は企画の内容やできあがった本のイメージなどをかなり練り上げて臨み、熱心に説明したそうです。

彼としてはたしかな手応えがあったようですが、相手から返ってきたのは、

「なぜ、本じゃなきゃいけないんですか?」

という質問。これは、彼にとって不意打ちだったそうです。

こうした前提を引っくり返すツッコミは、「**そもそも論**」と言われます。

ある分野にどっぷりつかってしまうと、いつの間にか根本的なところについての問いかけが希薄になり、この「そもそも論」に弱くなってしまうのです。

同じ会社・業界内で話をするのであれば意識する必要はないのですが、他業界の人や一般のお客さんと話をするときにはそうはいきません。

例で言えば、「なぜ本でなければいけないのか」「本はなぜこの世に必要なのか」について、日ごろから考えておくべきだったのです。こうした事態を避けるためにも、日常的に自分の常識を疑うくせをつけておくことが大事です。

そして、外部の人と関わる際には、「自分の当たり前に相手は納得しているのか」「そもそものところに、ちゃんと答えを用意しているのか」といったところまで、ちゃんと事前に振り返っておくべきでしょう。

都合の悪い部分には「自分から」触れていく

さらに、ツッコまれやすい意見を見てみましょう。

誰かを説得するときは、

「自分の言い分の良いところを大きく見せ、悪いところを小さく見せることが大事だ」

といったことがよく言われます。

これ自体は、たしかに弁論術の格言みたいなものであり、一般の価値観からすればちょっと姑息に感じれるものの、説得のためには正しい考え方です。

しかし誤解されがちなのが、「**悪いところを小さく見せる**」という部分。これは「都合の悪いところはスルーしよう」という意味ではありません。

「都合の悪いところはスルー」という方法はついやりがちですが、ほとんどの場合、そこをツッコまれて終わりです。

だからこそ、むしろ都合の悪いところを直視し、相手が納得するような言い分を用意しておく。

それが「悪いところを小さく見せる」の本当の意味です。

たとえば、ある商品企画を会社でプレゼンする際、「他社が同じような商品を出して失敗している」という都合の悪い事実があったとします。

さて、どうすべきでしょうか?

むしろ、**真っ先に自分から触れる**のです。次のように。

「こう言うと、他社で発売した○○の失敗例を思い浮かべるかもしれませんが、今回の企画は次のような点で決定的に違います。それは〜」

この「○○かもしれないが、××なので問題ない」というふうに、予想される反論にあらかじめ再反論しておくテクニックを、弁論術用語で「**予弁法**《よべんほう》」と言います。

これは古代ギリシャの議会でも、政治家が相手のツッコミを防ぐために使っていたテクニックで、現代の論争の場でもよく使われています。

「予弁法」は発表の最後で使う

予弁法のちょっとした裏技を。

これは発表の場が、発表者が完全に話し終わってから質問を行なう、よくあるシステムになっている場合に限ってなのですが――

予弁法を発表の最後で行なうと、**ツッコミが減ります**。

弱点が誰でも気がつくようなものであればあるほど、効果的です。

というのも、ツッコミを好む人間は、発表を聞きながらどうツッコむか考えているものです。目ぼしい弱点があれば、そのことについてずっと考えながら、話が終わるのを待っているのです。

そんなところに、最後の最後で自分が突こうとしていた弱点について

「〇〇という反論はあるかもしれませんが、じつは××なので問題ありません」

という予弁法がきたらどうなるか。

ギリギリのところで、自分がしようとしていた質問がつぶされ、かといって、別の質問を今さら考える時間はない、という状況になります。

これは正しい説得のためというよりは、争論（言い合い）用の技術ですが、知っておいて損はないでしょう。

真っ先に自分で自分にツッコむ

意見をツッコミに強くするためのポイントを紹介してきました。

総じて言えるのは、ツッコミに強くなるには自分の意見を、聞き手の立場から見てみるということ。

そして何より、**自分で自分の意見にツッコむ**のです。

そこでツッコみ尽くしてしまえば、他人がツッコむところはもうないはず。「ここぞ」というときには、そのくらいの姿勢で準備しましょう。

言うほど簡単なことではありませんが、勝負時にはやるべきです。そうすれば、そうそうツッコミでやられることはないでしょう。

わかりやすい説明の仕方とは

「上司に、自分のアイデアを説明する」
「お客さんに、商品を説明する」
「遅刻の理由を説明する」「旅行で見聞きしたことを説明する」

こうした説明の場面で、話がうまく伝わらなくて困ったことはありませんか？　説明がうまくできない、と苦手意識を持っている方も多いと思います。

うまくいかない理由には、様々なものがあるでしょう。

相手が知らない単語を使っている、聞きとりづらい話し方をしている、説明の構成がまずい……などなど。

これらの問題を解決するテクニックは、すでに多くの本で書かれたりしていますが、ここではそれを解消する、**基礎的な考え方**を紹介したいと思います。

たとえば、最近買った自動車がどんなものかを説明したいとします。どう言えば、もっとも伝わりやすいと思いますか？

「車種を伝えて、ボディの色を説明して、オートマチックで、席は何列で、排気量は……」

このように要素を次々とあげていくというのはやりがちですが……誰にでも伝わる説明という点からはベストとは言えません。聞き手自身の想像力に、かなりの部分を委ねてしまっているからです。

では、ベストな説明とは何か？

こう言っては身もふたもありませんが、結局、実際に**「現物」を見せること**なのです。現物、つまりそのものを見せてしまうのです。

とはいえ、当然、説明のたびに現物を見せるわけにはいきません。実際、説明の場では現物の代わりとして、画像、動画、模型などが駆使されたりしています。

しかし問題は、そうしたものが利用できず、言葉だけで物事を説明しなければならないとき。

感覚的に伝わるように言う

では、どうすれば、言葉だけで現物を見せるのに近い効果を出すことができるようになるのか。

ここで悪い例として、正しいけれど伝わらない説明の仕方を見てみましょう。


「赤ってどんな色？」

「ＪＩＳ規格で言うと色相５Ｒで、明度４、彩度14のものだね」


これは筆者がWikipediaの「赤」の項目を見て作った例文ですが、これではなんにもわかりません。筆者もわかりません。

定義としては正しいのでしょうが、こういうことに詳しい人以外にはまったくピンとこない説明でしょう。言葉の上だけでの定義になっていて、多くの人にとって感覚的にわからない情報になっているからです。

そうではなく、現物としてどう存在しているかイメージし、視覚でまたほかの感覚器官で、どうとらえたかに着目するのです。

「赤ってどんな色？」
「信号の右端にある色だよ。神社の鳥居とか郵便ポストのあの色だよ」

このように、**感覚でとらえた印象**を伝えましょう。

たとえば「カンガルーって何？」と聞かれたら、生物学的な定義を言いつのるのではなく、「オーストラリアでぴょんぴょん跳ねてるアレだよ」と答えたほうが伝わりやすく、「日本の政府って何？」と聞かれたら、教科書の一文を引くよりも「国会中継で質問に答えている人たち」と言ったほうが多くの人にとってピンと来ます。

「民主主義って何？」と聞かれたら、「君たちが選挙で政治家を選ぶことができること」と答えれば、子供でも理解できるでしょう。

現物としてどう存在しているのかを意識し、それがどう視認され、どう体を使って関われるのかを説明する。

そうすることで聞き手はその物事を、**頭ではなく感覚で**とらえることができるようになります。

ギリシャ・ローマ式弁論術では、この感覚に訴える技法を「**現前化**《げんぜんか》」と呼び、法廷や議会で多用してきました。

ただし、現前化には注意が必要です。伝わりやすくなる一方で、厳密さが犠牲になるのです。

先の例であげた「赤」で考えてみても、「信号の右端にある色」は厳密な意味での赤ではありません。鳥居の色は、赤ではなく橙色《だいだいいろ》っぽく塗ってある神社もあります。郵便ポストも赤とは限りません。

ただ、このような厳密さに関する副作用さえ自覚できていれば、現前化のテクニックは有効なものになります。

ちなみに、「それが現物としてどう存在しているのか」を意識したほうが伝わるのは、仕事などで扱う「数字」でも同様です。


「3分」⇩「カップラーメンを作るぐらいの時間」

「2メートル」⇩「男の人の背丈よりちょっと大きい」

「2億円」⇩「サラリーマンの生涯年収」


といったように表現したほうが、とくに相手が数字に慣れていない場合、感覚に直接訴えかけられます。

わかりやすい説明の「流れ」

続いて、わかりやすく伝えるための、話し方の「流れ」について。

話しているうちに相手が「何を言ってるんだ？」という顔をしてきたり、もしくは自分でも訳がわからなくなったり、といった経験は誰でもあることでしょう。

こうした際に何が起きているかというと、**具体化に向かっていない**ことが多いです。

まず、ダメな説明の流れを見てみましょう。極端な例に思えますが、このぐらいの説明をしてしまっている人は結構います。

Ａ「長嶋茂雄って誰？」
Ｂ「昔の偉大な野球選手だよ」
Ａ「へー、野球選手だったんだ？」
Ｂ「スポーツ選手だったんだよ」
Ａ「（それはわかってるんだけど……）スポーツ選手？」
Ｂ「つまり、彼も人間だったのさ」
Ａ「……」

話が進むごとに長嶋茂雄氏に関する情報が、具体的なものからどんどん抽象的なものになっています。
これでは、長嶋茂雄氏がどういう存在なのか浮かび上がってきません。
これが、具体化に向かった説明なら次のようになります。

Ａ「長嶋茂雄って誰？」
Ｂ「昔の巨人の選手だよ」
Ａ「へー、巨人の選手？」
Ｂ「警備会社のＣＭにも出てたじゃん。〝〜してますか？〟って」
Ａ「ああ、あの人！」
Ｂ「プロ野球初の天覧試合でホームラン打ったり、すごく人気があったんだよ」

説明が進むごとに、「巨人の選手」「ＣＭのあの人」「天覧試合でホームランを打った」「すごく人気があった」というふうに、長嶋茂雄氏ならではの特徴が加わっていき、具体化のレベルが上がっていきます。

聞き手も、長嶋茂雄氏がどんな存在なのかを、説明を通じてイメージできるようになるでしょう。

わかりやすい説明とは、このように説明が進行するごとにその物事ならではの特徴が詳細になっていき、「どういう存在か」がはっきりしていくのです。

もし、説明することに苦手意識があるなら、このように**抽象から具体に向かっていく流れ**を明確に意識すること。

これで伝わりやすさは改善されるでしょう。

説明をわかりやすく聞くために

説明を聞く側になったときの話をしましょう。

相手の説明がどうにもわかりにくい。単に説明が下手なのか、意図的にごまかしているのかわからないが、わかりにくい。

社会人ならば、そうした経験は少なくないでしょう。

その場合は、今まで見てきた説明のための心得を、聞くための心得に転用しましょう。

つまり、「現物としてどう存在しているのか」を尋ねて、具体化していくようにうながせばいいのです。

次のように。

「それは実際には、どういう形をしてるんですか？　重さは？　長さは？」

「たとえば、どういうものがそれに当てはまるんですか？」

「それがあることで、実際にどう変わるんですか？」

「それがないと、実際にどうなるんですか？」

「画像や動画はありませんか？」


ここまで直接的な聞き方をするとカドが立つかもしれませんが、こうした質問をしていくことは、相手の説明をあやふやに終わらせないために大事なことです。

世の中には、

「健全な環境」「あるべき姿」

「理想的な空間」「守るべき理念」


といった抽象的な言葉があふれており、時に人の説明をあやふやにしています。

そういう言葉にぶつかったとき、即座に**「現物」の視点から質問をぶつけられる**というのは、社会人としてぜひとも必要なリテラシー能力でしょう。

ウソを本当だと信じさせる技術

営業マンの営業トーク、イケイケの人物が行うスピーチやプレゼン、インフルエンサーのネットでの発言。

その場では同意し、納得しながらもあとで、

「よく考えるとどうもヘンだ!」


と、感じた経験はないでしょうか?

それはもしかしたら、「**詭弁**《きべん》」にだまされたのかもしれません。

詭弁とは、話し方の工夫で、正しくない内容を正しいように思わせるテクニックのこと。

この詭弁は、古代ギリシャにまでさかのぼる歴史の古いものですが、現代でも様々な場面で、気づかないうちにわれわれを扇動《せんどう》し、動かしています。

古代ギリシャから詭弁はあった

そもそも、アリストテレスが弁論術を説いた大きな動機の1つが、詭弁への対抗策を示すということでした。

というのも、当時のギリシャには、「徳を身につけさせる」「知識を教授する」というふれこみで人を集めて金をとるソフィストという人々が跋扈《ばっこ》していました。しかし、彼らのほとんどは、適当な内容を言葉で正しそうにごまかしているだけの、悪質なエセ知識人だったのです。

アリストテレスは、彼らソフィストを『ソフィスト的論駁』の中で、「知恵に見えるが本当はそうでないもので金銭を稼ぐもの」と呼んで軽蔑していましたが、はっきり言えば――この手のソフィストは今でもたくさんいます。

◉役に立たない考え方を、成功への近道のように宣伝する人

◉しょうもないデマを、画期的な新知識であるかのように拡散する人

◉自分の利益のために、奇妙な論理で他人をだます人

やはり、そこら中にいるような気がします。では、現代のソフィストたちが用いているのはどんな詭弁なのか？

おそらく、もっともよく使われているものの1つが、**原因と結果についての詭弁**でしょう。

これは、SNSの投稿などで、うんざりするほど見られます。

現代において注意すべき詭弁については、さしあたり主な4つのパターンを押さえておくことが大事です。

その基礎を知っておくだけで、詭弁にだまされたり、あるいは自分で気がつかないうちに詭弁を用いてしまったりすることを防げるでしょう。

❶ 数ある原因の1つを唯一の原因のように語る

1つ目がこの詭弁。これは他人を操ったり扇動しようとする人間の常套《じょうとう》手段です。たとえば次のような。

「彼が事業に成功したのは、英語が堪能だったからです。英語の勉強をしましょう！」

まず知っておいてほしいのは、**現実は複雑で、物事の原因は複数ある**ということ。例で言えば、彼が事業に成功したのは、英語のおかげ「だけ」ではないはずです。続いて、トランプ大統領の発言。

「アメリカ中西部や南部が貧困化したのは、不法移民が仕事を奪ったせいだ。追いだそう！」

アメリカ中西部や南部の貧困化は、工場などの働き口が海外に移転したことや、若者が都会に流出したこと。また、これまでの歴史的な経緯なども強い原因のはず。

それをすべて「不法移民のせいだ！」で済ますのは……やはり、どう考えても詭弁です。

良識ある人間は、複雑な出来事について安易に「全部アレのせいだ！」などとは断言しません。

誠実な態度ではない、とわかっているからです。

その一方で、いやそんな状況だからこそ、ソフィストは「全部アレのせいだ！」と断言します。

多くの人間が、**複雑さを嫌い、単純さを好む**ことを知っているからです。

原因を断言できないモヤモヤした雰囲気の中で、簡単に理解できる「全部アレのせいだ！」が出たとたん、「わかりやすい！」「それがホントにちがいない！」ともろ手をあげて歓迎してしまうのが、人間なのです。

ならばわれわれは、複雑な出来事の原因を、ただ1つの何かに帰するような主張を目にしたら、それに飛びつく前に「原因がそれだけって本当か？」と**反射的に疑うクセ**をつけましょう。

❷ まったくの偶然を原因だと語る

2つ目は、原因でないものを原因とする詭弁です。
これは、アリストテレスも『弁論術』でとり上げている古い詭弁です。具体的には、次のようなものです。

「今日悪いことが起きたのは、朝、玄関を出るときに右足から歩きはじめたからだ」

世の中には、このように「偶然」という言葉で処理すべき事柄を、「必然」のように語る詭弁がたしかに存在します。
言うまでもありませんが、「AのあとにBが起こった」からといって「AのせいでBが起こった」とは限りません。もちろん、大の大人が真面目な議論をするときにこういう話し方をするのはナシですし、これにだまされるのはもっとナシです。

アリストテレスはこの詭弁について「**政治の世界に顕著**」だと言っています。

ギリシャでデモステネスという人物がある政策を行なった後に、時を同じくしてたまたま戦争が起きたにもかかわらず、当時の敵対する政治家は、すかさずこう言ったそうです。


「戦争が起きたのは、デモステネスの行なった政策が原因だ！」


この手の詭弁は、現代の政治の世界でも頻繁に耳にするものです。

繰り返しになりますが、「AのあとにBが起こった」からといって「AのせいでBが起こった」とは限りません。大事なのは、Aがどんなメカニズムで Bの原因になったと言えるのか、なのです。

ここがはっきりしない限り、その意見を信用してはいけません。

❸ おまけの要素を原因だと言い張る

本来の原因ではない、おまけの要素のほうがあたかも原因であるように誘導する詭弁もあります。

「3食トマトだけを食べ続けた結果、1週間で5キロやせた。これはトマトに含まれる栄養成分が原因だ」

3食トマトだけを食べてやせたのは、トマトのカロリーが低いというのが主たる原因でしょう。カロリーさえ低ければ、キュウリでもセロリでもよかったはずです。

つまり、トマトの栄養成分は、本当の原因とたまたま一緒にあったおまけの要素に過ぎないのです。

このタイプの詭弁も、かなりよく使われます。

たとえば雑誌などで、成功した女性起業家がたまたま着ていた服を「成功者のファッション」と特集したりしていることがあります。

しかし、本当に成功者になりたければ、ファッションなんかより、彼女の努力や実際の経営手法などに注目すべきなのです。

❹「第3の要素」を無視して語る

最後に、「第3の要素」を無視する詭弁。

「第3の要素（第3の因子とも）」とは、クリティカルシンキングや論理思考などと銘打った本では必ず扱われるテーマです。

とはいっても、文字面だけでは、なんのこっちゃわからないでしょうから、例で見ましょう。これは実際に筆者が聞いたことのある「第3の要素」を無視した詭弁です。

「不思議なことに、売り上げが減るほど、クレームは増えるんだよ」

たしかに不思議です。でも本当は、不思議でもなんでもないのです。

これは「商品の質が悪くなる」という「第3の要素」を見失っているから不思議に思えるだけ。

本当の原因と結果の関係はこうです。

（原因）　「商品の質が悪くなる」
（結果1）⇩「売り上げが減る」
（結果2）⇩「クレームが増える」

この「商品の質が悪くなる」という原因を無視して、「結果1」と「結果2」を原因と結果のように語っているから、不思議な結論が成り立っているのです。

ついでに、もう1つ例をあげておきましょう。

「アイスの売り上げが伸びると、熱中症が増える。アイスの食べすぎが熱中症の原因だ」

アイスの食べすぎが熱中症の原因なわけがありません。では、隠された「第3の要素」はなんでしょうか？

答えは、「夏は暑い」です。

アイスの売り上げが伸びるのは夏ですし、熱中症が増えるのも夏です。

そして、「夏は暑い」から「アイスの売り上げが伸び（結果1）」、「夏は暑い」から「熱中症が増える（結果2）」のです。

（原因）　「夏は暑い」
（結果1）⇩「アイスの売り上げが伸びる」
（結果2）⇩「熱中症が増える」

そんな別口の結果1と2を因果関係でつなげているのが、この詭弁です。
紹介した2つの例文は、「売り上げ」と「クレーム」、「アイス」と「熱中症」といった身近な言葉なので、まだなんとなく気がつけます。
これが聞きなじみのない単語だと、なかなか手ごわいものです。

「マルキストロールの摂取量の多いA地域では、有意に寿命が短いことがわかった」

こうした主張を目にしたときも、「マルキストロールの摂取量が多くなることが、寿命が短くなることの直接の原因だろうか?」「マルキストロールの摂取量が多くなることと、寿命が短くなることの共通の原因（第3の要素）があるのではないだろうか?」などと考えることが大事です（ちなみにマルキストロールという物質は架空です）。

自信満々の言い分こそ疑え

以上、原因と結果についての詭弁について見てきました。

最後に付け加えると、詭弁にだまされないためにもっとも大事なのは、**疑うという姿勢そのもの**です。

ソフィストというのは今も昔も、言い分がチェックされないように心血を注ぎます。詭弁のほとんどは、チェックされれば**すぐにバレる**からです。

彼らが必死に自信満々に語るのもそのため。「チェックの必要はないですよ。本当なんだから」と言いたいわけです。

だからこそ、こちらとしては疑う。疑うことが、詭弁のまかり通る実社会を生きるための護身術なのです。

一流は気づかれずに説得する

ひと通り技術・知識が出てきたところで、あえて基本的な考え方について書いてみたいと思います。

突然ですが、**口のうまい人間は二流**です。

どういう意味か？

口のうまい人間は、口がうまいと周りに気がつかれている時点で、二流なのです。

もちろん人を説得するには、ある程度の口のうまさは必要です。

だからと言って、聞き手にはっきりと「口がうまい」と気づかれてしまうのは好ましくありません。

「うまい」と相手に感銘を与えているということは、ほとんどの場合——

◉ **目新しいデータや分析を根拠として持ちだしているか**
◉ **常識離れの斬新な論理展開をしているか**
◉ **珍しい独特な用語を用いているか**

いずれにせよ、派手な話し方をしているはず。

こうした話し方というのは、一部の人に感銘を与える一方で、警戒感を与えてしまうことも少なくないでしょう。

とくに日本人は、なんだかんだ「**口のうまい人は信用できない**」という価値観をベースに持っています。一生懸命語る地味な語り口のほうが、より幅広く好感を持って迎えられる確率が高いのです。

弁論術には、こんな格言があります。

「もっとも優れた文彩《ぶんさい》はまったく表にあらわれず、とうてい文彩とは気づかれないような文彩である」——偽ロンギノス『崇高論』(三輪正訳)

文彩とは、言葉の技術のこと。

つまり、使っているのを気づかれないさりげない言葉の技術こそ、最高という教えです。

では、使っているのを気づかれない言葉の技術とはどんなものか？

ありふれた「根拠」「論理」を使う

「内容の正しさ」を作るには「根拠」と「論理」が大事だと、繰り返し言ってきました。

そして、根拠が斬新なものであったり、論理がオリジナリティあふれる展開であったりするのは一見派手ですが……やはり二流です。

そんなことをすれば、技術を尽くして説得しようとしていると、相手に**気づかれてしまう**からです。

「これ見よがしなマニアックなデータ」
「斬新な分析」「突飛な論理」

こうしたものを喜ぶ人は、一部に限られます。たいていの人は「**なんか口がうまいなあ**」と警戒するものなのです。

それよりは、ありふれた根拠・論理で結論まで導き、わざとらしさのない説明に仕上げること。相手が抵抗感を覚えることなく、**すっとしみ込むような話し方**こそが最高の説得なのです。

具体的な目安としては、補足説明が不要なこと。

根拠としてデータを示す際にも、相手が一目で理解できるものを示す。論理も一度聞いただけで理解できるようにシンプルに語る。

相手に「え？」「本当に？」と聞き返されるようなデータや論理展開は危険をはらんでいます。

その「え？」が反発・反論の芽になるからです。

結局のところ何度も指摘しているように、根拠としては、**相手がすでに信じているデータ**を出せれば最高なのです。

相手が信じているものである限り、そこに疑問は生まれようがないのですから。

語り口は平凡に

また、使う言葉にも気をつけなければなりません。

語り口は、平凡であることこそ最高です。

プレゼンなどでは、聞き手の記憶に残るような、変わったキャッチコピーも必要になるでしょうが、そうした例外以外、**相手に抵抗なく伝わる**ことが大切です。

とくに気をつけたいのが、これ見よがしの専門用語やカタカナ語。聞き手の理解を妨げてしまうだけでなく、「難しい言葉でごまかそうとしている!」という反発を生みかねません。

とにかく、日常で使っているような、ありふれた言葉を使いましょう。とくに専門外の人を相手に話すときは、必ずです。

相手の感情に合わせる

気づかれないことが重要なのは、言葉の力で説得する場合だけでなく、「聞き手の気分」の視点――相手の感情に訴える際も同様です。

あおりというのは、こちらの意図が気づかれた瞬間に失敗するもの。

「聞き手の気分」をあおるには、自ら率先して感情的になるべきとお伝えしました。相手を不安がらせたければ、自分が率先して不安そうに語り、悲しがらせたければ率先して悲しみ、怒らせたければ率先して怒るべきだと。

じつはこれも、「気づかれない」という目的のためです。

たとえば、「悔しくないんですか？」と悔しさをあおろうとする人が冷静だったら、「お前自身が悔しそうじゃないのに、なんで悔しがらせようとするんだ」と思われてしまうでしょう。

自ら感情をまとうことで、相手の感情をあおろうとしていることをカムフラージュするのです。

また、自分が先に悔しそうな態度を見せてしまえば、「熱くなってるな」とは思われても、「あおろうとしているな」とは思われないもの。

ここでもやはり大事なのは、「図らずも感情的になってしまった」という感じ。もちろん、わざとらしさは禁物。

自然とそうなってしまった感じこそが、人の感情を動かすのです。

SNSを見てみると、一部のインフルエンサーはすぐに感情的になりますが、彼らの大半はこの技術を使っているように思います。

つまり、商売の一環で感情的になって見せているだけ。パソコンやスマートフォン前の彼らの表情は、きっと無表情でしょう。

以上、気づかれないように説得するという、**弁論術の理想形**について解説してきました。

大切なのは、説得したい**相手に寄り添う**こと。

相手になじみ深い「根拠」を使い、相手が理解しやすい「論理」を用い、相手の「感情」に共感してあげる。

すべては、相手に合わせることです。

そうすることであなたの主張を、まるで**相手自身が考えていたように通す**ことができるのです。

「人を動かす」ポイント 「内容の正しさ」編

- 「**根拠**」「**論理**」「**結論**」を語る
- 相手が信じているデータが一番使える
- 自分で自分にツッコんでおく
- **感覚的に伝える**のが、わかりやすい
- **詭弁**には注意する
- **気づかれないように**説得するのが最強

第4章

「弁論術」で現代のトラブルを解決する

話が通じない「バカ」の動かし方

この章では今まで解説してきた弁論術の技術を使って、「伝える」に関係する現代的なトラブルを解決していきます。

突然ですが、最近、「バカだから話が通じない」とか「バカに足を引っ張られる」とか、「バカ」の弊害を嘆く声をよく耳にします。

「あるテーマについて専門的な話をしていたところ、まったく理解していない人物が全否定してきた」

「すじ道立てて説明しているのに、〝そもそもさあ〟と言って、なんの関係もない話を持ちだしてくる」

「一言では説明できないことについて、〝一言で言えよ〟と言ってくる」

例をあげれば限りがありませんが、ともかく「バカ」と言われる人は、たしかにいるようです。

今の風潮として**「バカは相手にしないに限る」**と言われがちですが、実際そうはいかないもの。

「バカ」とも付き合い、話し合い、動かしていかなければいけないのが実情でしょう。

では、「バカ」はどのようにして動かすべきなのか。

そもそも弁論術は「バカ」と言われる人たちを相手にすることを前提とした技術でもあります。

その証拠にアリストテレスも、

「弁論術の仕事は……長大な議論を見通したり迂遠《うえん》な推論を辿ったりする能力を具《そな》えていない、そのような聴衆のもとでなされる」――『弁論術』第1巻 第2章（堀尾耕一訳）

とはっきり書いています。

つまり、相手はちゃんとした知識や理解力を持っていないのが当たり前。こうした

「バカ」を説得できてこその弁論術だ、としているのです。

「バカ」のプライドは傷つけてはいけない

まず、はっきりさせておかなければいけないのが、「バカ」とはどういう人を指すのかということ。

今、話題になっている「バカ」、それは次のように定義されるでしょう。

何も知らず、判断力もないくせに、的外れな意見を言いたがる人

「バカ」にもいろんな人がいるでしょうが、現実生活、およびSNSなどで本当によく見かけるのが右のタイプです。

この定義でとくに重要なのが、「**意見を言いたがる**」という部分。

彼らが何かを言いたがるのは、プライドの表れです。

彼らは「賢いと思われたい」「かっこよく思われたい」「重要な人物だと思われたい」

から、言いたがるのです。

ならば、彼らと話をするときには、その**プライドを傷つけてはいけません**。

そこを傷つけると、相手はムキになって、さらに的外れな意見や批判をぶつけてきます。要は、さらにこじれるのです。

したがって、この「相手のプライドを傷つけない」というのは、「バカ」を相手にするときの基本方針になります。逆に言えば、プライドのケアさえできれば、意外に彼らは物わかりよくこちらの話に頷いてくれるものなのです。

では、具体的にはどのように話を進めればいいのか。そこで大切になってくるのが、次の3つのポイントです。

❶ 相手が理解できる限りの難しい言葉を使う
❷ 話は「正しさ」よりも「最短距離」を選ぶ
❸ 相手の言い分を引用する

この3つを守って説得を試みれば、「バカ」のプライドを傷つけることなく、説得が可能です。1つ1つ見ていきましょう。

❶ 相手が理解できる限りの難しい言葉を使う

まず、言葉づかいについて。

説得しなければいけない相手がちょっと厄介な「バカ」の可能性があったら、**相手が理解できるギリギリ**の、ちょっと難しい言葉を使いましょう。

難しい言葉にも、業界用語・専門用語・難解語など種類がありますが、ここでは区別しません。ざっくり次のような言葉たちです。

「マーケティング」「ソリューション」「リスケ」
「インターフェース」「フィードバック」
「抽象」「一般化」「汎用性」「流動性」

「難しくないよ」と言う人もいるかもしれませんが、これらを難しく感じる人もいるということです。

1つ前の項目で、相手の理解をはばむ難しい言葉は使ってはいけないとしましたが、「バカ」を相手にする際は逆です。ちょっと語弊のある言い方になりますが、相手の理解を求めている場合ではないのです。

彼らは賢いと思われたいため、自分の知っている言葉までかみ砕かれると、きっと「バカにされた」と思って、ムキになって訳のわからないことを言いはじめるでしょう。ただし、一方で相手がまったく**理解できない言葉も地雷**です。今度はマウンティングされたと思い、怒りだす危険性があります。

正直かなり厄介ですが、相手の知識レベルが読めない場合には、相手が使っている言葉を後追いで使うようにすればいいでしょう。

❷ 話は「正しさ」よりも「最短距離」を選ぶ

次に、話の進め方について。

「バカ」相手の話は「正しさ」よりも、「最短距離」を選ぶことが大切です。

どういうことか？

「内容の正しさ」は、「根拠」と「結論」が「論理」でつながっている必要があるとお伝えしました。

ここでは例を用意して、少し丁寧に説明します。

たとえば、お菓子会社に勤めている人が、高たんぱく質食ブームに乗って、自社開発のプロテインバーを発売する企画を立てたとします。

それを上司に向けて、正しく説得するなら次の3つの手順が必要です。

（根拠）「高たんぱく質食が流行っている」というデータを見せる
（論理）「今回のプロテインバーが、流行の高たんぱく質食に当てはまる」ことを説明する
（結論）「今回のプロテインバーも売れる」と結論づける

論理的に正しい議論をするときには、この3つのステップがそろっていなければいけません。

しかし、今回は別です。相手は、申し訳ありませんが「バカ」なのです。

これでは「バカ」には長い。彼らは自分が理解できない話を聞くと、理解できなかったことを隠そうと必死になって（要は、プライドを守るために）、また訳のわからない

ことを言いはじめます。ではどうするのか？

思いきって、真ん中の「論理」のステップを省略しましょう。つまり「根拠」を示したら、そこから直接「結論」を断言するのです。

例で言えば、「高たんぱく質食が流行っている」というデータをいくつか見せたら、「これらのデータを見ても、今回のプロテインバーは売れるはずです」といきなり断言してしまうのです。

「バカ」相手の説得で必要なのは、**わかりやすい「根拠」**（数字、図、表、画像、動画など）と、**力強く断言された「結論」**。それだけです。

そうすれば、相手は頭を使わずに直感的に理解できますし、納得もしやすい。

相手のプライドを傷つけるリスクが大幅に減少します。

❸ 相手の言い分を引用する

そして、3つ目。

「バカ」との話し合いでは、99ページでキレる相手への対処法で説明したように、積極的に相手の言い分を引用しましょう。

自分の意見が反映されたという事実は、相手のプライドを満足させます。

「○○さんもおっしゃっていたように〜」といったような言い回しは、「バカ」を動かすうえでとても便利なのです。

相手をご満悦にさせて言い分を通す

以上の3つを押さえれば、こじれがちな「バカ」相手の説得も、うまく進められるはず。

とはいえ、「バカ」はいつ自分自身がなるかわからないものでもあります。

だからこそ、相手を「バカ」だと思っても、寛容な態度をとりましょう。ぶつかって論破するなんてもってのほか。

相手のプライドを立てて、こちらの言い分も通る。それが理想的な形なのです。

悪いうわさを流されたらどうすべきか

仕事での付き合い、学校での付き合い、あるいは近所付き合いや親戚付き合い、なんでもいいですが、こうした人付き合いの中でもっとも厄介なトラブルが、「悪いうわさ」を流されることです。

「あの人、課長と不倫してるらしいよ」
「あいつ、他社でうちの部長の悪口、言ってまわってるらしいぞ」
「近所の○○さんって、家賃滞納してるんですって。生活苦しいのかしら」

こういうゴシップはくだらないようでいて、対処を間違えると大変です。

◉ 会社で重要なポディションを任されるかどうか
◉ 困難なプロジェクトに部下がついてくるか
◉ 家を建てて間もないが、近所と仲良くやれるか

といった、仕事・人生において大事な局面に限って、不思議と悪影響を与えてくるからです。

だからこそ、悪いうわさは**正しい方法で否定**し、**早い段階で打ち消し**ておかなければなりません。

うわさを流されたら「争点」を作って戦え

悪いうわさに対しては、自分に有利な「**争点**」を作って反論するのがもっとも効果的です。どういうことか？

たとえば、「よそで部長の悪口を言っている」といううわさを流されたとしましょう。

これがまったくの事実無根で、よそで部長の話自体したことがないのなら、次のよう

に全否定すべきです。

「事実無根です。ウソだと思うのなら、ほかの人に聞いてください」

やってもいないことを認める必要はありません。

しかし実際よくあるのは、**部分的に事実である**場合。

悪口は言っていないにせよ、よそで部長の話をしたのは事実。それが悪口として伝わってしまったのかもしれません。軽く話したことが回りまわって大事になってしまうというのは、皆さんも経験があるでしょう。

こうした際に大事なのは、「たしかに◯◯したけど、××はしていない」といったように、**事実は先手を打って認める**こと。

「部長の話をしたのは本当ですが、悪口などいっさい言っていません」

このように「部長の話をした」ことは認めたうえで、「話したのは悪口ではない」というポイントに**争点を移して反論する**のです。

一番まずい対処の仕方が、反射的に「それは、まったくのデマです」などと全否定してしまうこと。

それをやってしまうと、あとで周囲から「先方に聞いたら、やっぱり部長の話をしてたらしいじゃないか」といった事実が出てきたときに、「アイツ、隠してた」となって評判を落としてしまうのです。

〈悪いうわさが事実だった場合の弁明法❶〉——「主観」の問題にする

では、さらに一歩進んで、悪いうわさが事実であった場合はどうするのか？

例で言えば、実際にかげで部長の悪口を言っていたらどうすればいいのか？

謝罪で済めばいいのですが、うわさを認めれば社会的に終わってしまうという事態もあるでしょう。

こうした状況でも、まだ争点を作る方法はあります。その1つが、次のように「主観」を利用して反論する方法。

「たしかに部長について冗談を言ったのですが、それが先方には悪口に聞こえてしまったのかもしれません」

つまり、こちらの不利な事実について、「そう見えたかもしれない」「そう聞こえたかもしれない」と、周囲の**主観の問題にすり換える**のです。

こうした主観を利用した反論は、謝罪会見などでよく目にします。見苦しい対応に思われるかもしれませんが、「意図してやったわけではない」と主張するための弁明としてはたしかに有効な面があります。

〈悪いうわさが事実だった場合の弁明法❷〉
――「正義」を持ちだす

うわさが事実であったときの対応には、もう1つ代表的な方法があります。それが、「話し手の人柄」で解説した「正義」を持ちだす方法。

たとえば次のように。

「たしかに部長について軽口は叩きましたが、場を和ませようとしてのことです。先方との話をまとめるために必死だったんです」

「部長の悪口は言った」を認めつつも、「話をまとめるためだった」という正義を持ちだして弁明しているのです。

この「小さな悪は、より大きな正義のためだった」という論法は日常的によく見られるものです。

うわさに対する「身の潔白度別」弁明術

また別のテクニックとして、アリストテレスの著書『弁論術』を参考に、ギリシャ・ローマ時代から受け継がれている、うわさに対する対処法の一部を解説しておきましょう。

これはもっとも潔白な人向けのレベル1から、ちょっと腹黒いレベル4まで「争点の作り方」のテンプレートを紹介したもので、幅広いケースに当てはめて使える便利なものです。

ここでは、わかりやすくするため「総務の金子さんと付き合ってる」といううわさを流されたという具体的な例で考えてみましょう。

まずは事実ではない場合、次に事実だがやましいことはない場合。

レベル1／事実ではない（全否定）

「それはデマだよ。だって、金子さんは別に恋人がいるんだから」

レベル2／事実だが、実害はない

「たしかに付き合ってるけど、それで誰かに迷惑をかけたわけじゃないだろ」

レベル2では、付き合ってること自体は認めたうえで**「実害」という争点**を持ちだし、批判をかわしています。このようにレベルに応じて争点を提示し、うわさを封じこめていくのが、このテクニックのキモとなります。

では、実際に金子さんと付き合っているのを黙っていたことで誰かに迷惑をかけてしまった場合はどうすればいいのか。

そうしたケースで非難をかわすのが次のレベルです。

レベル３／実害はあるが、聞き手に対してではない
「たしかに付き合ってるし、知らずに金子さんに告白した木村君には悪いと思ってるけど、無関係のあなたにそこまで言われる筋合いはないだろ？」

レベル４／聞き手に実害はあるが、甚大ではない
「知らずに告白したあなたには悪かったけど、そこまで言われなくちゃいけないほどのことをしたか？」

レベル３、４では実害があることを認めたうえで、「実害の対象」「実害の大きさ」に争点をずらしています。

やましいにもかかわらず**反論を積み重ねていく**というのは、われわれ日本人の感覚からすると抵抗感を覚えるかもしれませんが、自らの正しさを丁寧に主張していくのは、グローバルな視点から見れば決して不誠実な態度とは言えません。

いずれにせよ、この4段階が頭に入っていれば、レベル1で弁明できなければレベル2にすすんでそこで改めて反論する、というふうに粘っていくことができるでしょう。

もちろん、ご紹介したような技術は使う場面がないに越したことはありません。越したことはありませんが――うわさというのは自分の行ないとは関係なく出てきたりするものです。

それならば一種のお守りとして、こうした技術を頭に入れておくことも大切です。

聞く気のない聴衆を引きつける話術

大勢の前で話をするというのは、なかなかのストレスです。

得意な人もいるでしょうが、多くの人にとっては、心の準備もなく急にそうした役割が回ってくると、

「ああ、もう！　ついてない！」


という感じでしょう。

さらに、聞く側に聞く気がなかったり、それどころか話し手であるこちらに反感を持っていたりすると最悪です。聴衆のかったるそうな態度・私語・ヤジ――想像しただけでゆううつになってきます。

聴衆が話を聞いてくれないときにはどうすべきか。この項目では、そうした場合に話を聞いてもらうためのテクニックを紹介します。

古代ローマで使われていた4つのテクニック

乗り気でない大勢に話を聞いてもらうにはどうすればいいか、というのは古代ローマの政治家を悩ませた問題でした。

大勢の民衆を前にした演説は、当時の政治家にとって大事な仕事。当然、話を聞く気のない者、さらにはヤジを飛ばしてくる者にも、話を聞いてもらわなければいけなかったわけです。

では、当時の政治家たちはどうしていたのか。

キケローは『弁論家について』の中で、聞く気のない相手を話に引きつけるために、4つの対応策をあげています。

❶ 保証する

これからする**話のクオリティを、事前に保証**するのです。いきなり思いきった方法ですが、その分かなり効果的です。

「とりあえず私の話を聞いてみてください。私の話す内容こそが、求めていたものだとわかるはずです」

「だまされたと思って最後まで聞いてみてください。必ずためになります」

「これから皆さんにとって非常に重要な話をします」

自信たっぷりに言いましょう。話す内容に自信がない場合だってあるでしょうが、それでもいいのです。

ここでの目的は、聞く気のない聴衆を引きつけること。ひとまず話を聞いてもらい、最終的に納得させられればいいのです。

仮に納得させられなくても、話を聞いてもらうという目的は達成できます。それで否定的な意見を言われても、そこから話し合うことで有意義なやりとりだって生まれてきます。

まったく**聞いてもらえないよりはマシ**なのです。

❷ 頼みこむ

「保証する」はインパクトがあり効果的ですが、ハードルが高いかもしれません。

そこで、「保証する」に謙虚さを足してマイルドにしたのが、次の相手に「話を聞いてくれ」と頼みこむ方法です。

単に頼みこむのではありません。話の内容や話し手自身が聞き手を魅了できないと認めたうえで、「有益な部分もあるはずだから聞いてくれ」という論法を使うのです。

たとえば次のように。

「これから話すことには、不十分な点もあるかもしれません。しかし、あなた方にとって有益な部分もあるはずです。ぜひ聞いてください」

「私のような立場の者が話しても、説得力がないかもしれません。しかし、参考意見としては有意義なはずです。とりあえず、話を最後まで聞いてみてください」

この方法は「保証する」よりは弱いですが、「保証する」の際に漂っていたハッタリ感がなくなる分、使いやすいでしょう。

❶と❷の方法は、**聞く動機を作る**テクニックです。

ただし、これによって生まれる動機は様々。

「そこまで言うなら**聞いてみようかな**」かもしれませんし、「じっくり聞いて、**アラを探してやるぞ**」かもしれません。

しかし、とにかく動機さえ作れれば、話を聞いてもらうという第一の目的はクリアできるわけです。

❸ 叱る

続いて、私語が飛び交っているような、最悪な部類の聴衆に対して使う方法。

「**黙って聞け！**」「**子供か、君らは！**」などと叱るのです。

ただし、キケローも書いていますが、これは現実的には自分に権威がある場合の方法です。

現代で言えば、上司から部下へ、講師から生徒へ、専門家から素人へなどといった明確な上下関係が必要でしょう。

さらに言えば、この「叱る」はここぞというときにするから効果を発揮する、ということも知っておかなければいけません。しょっちゅう怒鳴っている人の叱責は、大した効き目を発揮しません。

叱責は、意外性があるほど効果的。

「あの人が声を荒らげるなんて珍しい」と思われるような人こそ、「よっぽどのことだ」と相手に感じさせ、耳を傾けさせるのです。怒らないことである意味舐められがちな人こそ、一度使ってみるべき方法かもしれません。

❹ いさめる

4つ目は「いさめる」という方法です。

これも基本的には❸と同じように、あきらかに聴衆がだらけきっている状態での方法になります。「いさめ」とは、キケローに言わせれば「穏やかな叱責」。

たとえば、次のようなイメージです。

「皆さんもプロでしょう。話を聞くべきではないですか？」

「眠そうにしておられる方もいますが、専門家の皆さんがそんなことでいいんでしょうか？」

「皆さんが優秀だからこそ、そうした態度は残念です」

ポイントは、**聞き手を評価し尊重する**トーンを出すこと。そうしつつ、77ページで紹介したように、相手の義務感に訴えるのです。

これは叱るのとは違い、自分に権威がなくても使えます。使うためのハードルも低いでしょう。

空気にのまれて卑屈になるな

最後に、4つに共通するベースになる話です。

聴衆に話を聞いてもらえない状況の中、その空気にのまれて、卑屈な様子を見せたり、恐縮した感じを見せたりするのはNGです。ますます聞き手は、話を聞かなくなります。

むしろこうした場面でこそ精神力を奮い起こして、

「だからどうした！」

と自信のありそうな様子を見せるのです。

TEDなどで見られる、海外の講演者の映像を見てみましょう。彼らの話に自然と引きこまれるのは、内容のよさも当然ですが、彼らの余裕ある話しぶり、自信ある話しぶりが、聞くに値すると思わせるから。

仮に同じ内容でも、彼らがおどおどした様子でそれを語っていたら、耳を傾ける人は半減していたでしょう。

場の空気にのまれないこと。

「ここでおどおどしたらまずいぞ」「卑屈になったら終わりだ」、そう自分に言い聞かせて、背筋を伸ばして堂々と話す。

これだけでも、聞き手の態度はだいぶ変わってくるものです。

組織を動かすために
すべきこと

大きな組織を説得する際に、何をするべきか？

たとえば、あなたの勤める会社に「飲み会には強制参加」というトンデモルールがあったとします。

どんな会社にも1つや2つは不合理なルールがあるものですが、これを廃止しようとする場合、まず何をするべきか。


「ルールが不合理だという根拠を探す」

「どんな言い方をすれば、相手に受け入れてもらえるのか考える」

「話を切りだす際、どんな順番で話をするのか工夫する」

などといったことを、思い浮かべるかもしれません。

それらも大事でしょうが、真っ先にするべきことがあります。それが、次の2つについて事前に探ることです。

❶　キーパーソン・キー集団を探る
❷　聞き手の考え・好みを探る

それぞれを見ていきましょう。

❶　キーパーソン・キー集団を探る

まずは、説得すべき相手の**意思決定のプロセスを把握**すること。要は、誰が結論を出すのか、把握するのです。

これは国家間のきわめて高度な交渉でも同様で、そうした場合においても最初に行なうのが、相手国の意思決定がどうなっているか分析することです。

話し合いで決定をするのか、複数の勢力の縄張り争いの結果として意思決定がされるのか、独裁者の一存なのか。意思決定のモデルによって交渉の仕方も変わってきます。

高レベルの交渉になるほど、この**調査に労力を惜しみません**。むしろ、ここさえ押さえてしまえば、交渉の仕事の半分以上は完了したと言えるほど。

これは、われわれの場合も同じ。

こちらの提案の内容さえよければ受け入れてもらえるのか、あるいは特定のキーパーソン・キー集団が反対したら、内容がどんなによくても却下されるのか——

例で言えば、「飲み会には強制参加」というルールを廃止するには誰の決定が必要なのか、そこを考える必要があるということです。

もし、キーパーソンはおらず、会議などで多数決的に納得してもらえるのであれば、より多くの人が納得しやすい客観的根拠を用意し、一般的な常識に訴えるスタンダードな説得をすればいいでしょう。

しかし、そうした説得が通じないキーパーソンやキー集団が明確にあるのならば、話は別です。

その個人、その集団が喜ぶような根拠や論理、話し方をする必要がありますし、話をしている最中も、そのキーパーソン・キー集団の反応を気にする必要があるのです。

極端な話、場合によっては会議などで話すよりも個人的に会って、一対一でキーパーソンを説得したほうが効果があるかもしれません。

これが、事前準備の第一。

キーパーソン・キー集団を把握する。まずここを明確にしなければ、誰に向けて話をすればいいのかもわからないことになるのです。

❷ 聞き手の考え・好みを探る

次に、聞き手の考え・好みを探る、についてです。

キケローは、『弁論家について』の中で、重要な訴訟に臨む際の心得として、事前に陪審員の考え方を知っておくことの重要性を説いています。

これと同じように、上司を説得するのでも、顧客を説得するのでも、あるいは親族・友人を説得するのでも――説得相手・交渉相手が何を考えているのか、事前にできる限り把握しておかなければなりません。

とくに、組織相手の説得で、キーパーソンが明確であるのならば、その相手の個人的考えについて情報を集め、想像力を持って推しはかる――聞き手が何を考え、何を求めているのか。

例で言えば、「飲み会には強制参加」というルールが社長の意向だったとしたら、社長がなぜそんなルールを作ったのか、経緯を知る人物などから情報を集め、また、自分なりに意図を推測する。また、日ごろの言動などを振り返って、考え方や好みについて考える。

最後に、それを基準にして、どういう言い方をすれば、何を引き合いに出せば社長がルールの廃止に納得してくれそうか、説得内容を考えるのです。

「ルールは不合理だ」という客観的エビデンスがあれば、納得してくれるのか。「会社のためを思って言ってるんだ！」という熱い気持ちを出した方が効果的なのか。あるいは、社長と信頼関係のある別の上司から言ってもらったほうがいいのか。

この、相手の考え・好みについて理解するということは、事前準備だけでなく、**交渉の真っ最中**でも**つねに意識**しなければいけません。

話すことばかりに気をとられず、相手の話をよく聞く。

これは、事前情報が不足しがちな初見の相手にはとくに大事で、まずは「こちらが何を言うか」よりも「相手が何を考えているか」を探ることに努めましょう。そうして聞きとった相手の考え・好みこそが、こちらの説得・交渉の指針を作るのですから、そこがなければはじまりません。

3回相手に会うのであれば、1回目は主に聞き手に回り情報収集にあててもいいぐらいなのです。

相手が聞きたい話だけをする

組織相手の説得において、聞き手について事前に探っておくべきポイントについて解説してきました。説得においてもっとも大切なのは、自分が何を言いたいかではなく、**判断する人が何を聞きたいか**。

究極的には、聞き手が聞きたい話だけして、気がついたら聞き手はこちらの結論にうなずいている。そんな説得こそが理想です。

そして、その理想に近づくためのもっとも基本的な作業こそ、紹介したような事前の情報収集と相手に対する具体的なイメージ作りなのです。

「人を動かす」ポイント **「現代のトラブル」編**

- 「**バカ**」のプライドは傷つけない
- うわさを流されたら、「**争点**」を作る
- 大勢相手には、まず「**保証**」する
- 組織の「**意思決定**」の仕組みを調べる
- 「**相手が聞きたい話**」をする

第5章

相手に合わせる

「聞き」に徹すれば会話は盛り上がる

最後の章として、「**相手に合わせる**」という、弁論術にとってもっともキモとなる技術を、話を聞く側に立って解説していきます。

誰かと話していて、どうも**会話が盛り上がらない**。

話がかみ合わず、合間合間で生まれる無言の時間。お互いに無理をしているのがわかるだけにつらいものです。

無理にでも話を盛り上げて、相手との距離を近づけておきたいという場面はあるでしょう。こうしたときに会話を盛り上げるには、どのような方法があるのか？

絶対に盛り上がる話のネタみたいなのを用意しておいて、それに頼るというのは、あまりおすすめしません。どんな面白い話にも、ハマる人とハマらない人がいるからです。

それよりは、次のことを意識しましょう。

自分が楽しく話をするのと、相手と話が盛り上がるのは、まったく別だということ。

つまり、話を盛り上げるだけなら、何もこちらが無理をして**話をする必要はない**のです。

むしろ、聞き手のポジションにまわって、相手に気分よく話をさせるほうがはるかに効率的でしょう。

大原則は聞き手が絶対有利

そこで重要になるのが、「聞き方」です。

これまで話し方について解説してきましたが、実際のコミュニケーションにおいて、聞き方は話し方と同様に重要です。

これは大原則ですが、あらゆる話し合いにおいて主導権を握るのは、話す側ではなく聞く側なのです。

この「**話し合いでは、聞く側に主導権がある**」という考え方は、弁論術において非常に大切なものです。

そして、このことは「話を盛り上げる」という観点においても然りです。

どう聞けば話は盛り上がるか

話が盛り上がるかどうかは、じつはすべて**聞く側の聞き方しだい**です。

さらに言えば、正しい聞き方を身につければ、話を盛り上げるだけでは終わりません。盛り上げるところと、そうでないところを意識的に作り、**話の流れ自体をコントロールする**ことまで可能になるでしょう。

とはいっても、ギリシャ・ローマ時代の弁論術は、相手について知ることの重要性は説いていますが、「聞く技術」についてはほとんど何も書き残していません。

しかし、現在では弁論術的な、あるいは心理学的な研究も進み、そのピースも埋まっています。

話を盛り上げるために必要な「聞く技術」をまとめれば、基本的には次の2つになるでしょう。

❶ 話し手と感情のトーンを合わせる
❷ 話し手の期待する反応を心がける

1つずつ見ていきましょう。

❶ 話し手と感情のトーンを合わせる

話を盛り上げるには、話し手にノってもらわなければなりません。

そのためには、話し手に「**伝わっている**」「**わかってくれている**」という実感を与えることが大切。

この実感があればあるほど、話し手はノリます。

それに必要な作業が、話し手と感情のトーンを合わせること。要は、楽しい話は楽しそうに聞き、悲しい話は悲しそうに聞き、深刻な話は深刻そうに聞くのです。

というのも話し手というのは、自分の話が伝わってるかどうかを、聞き手の表面上の受け答えよりも、相手の表情やあいづちの声の調子といった情報から判断するものだからです。

こういう経験はないでしょうか？

相手の話をしっかり聞いていたのに、「本当にわかってるの？」と問い詰められてしまった……

こうなる原因の1つが、**感情のトーンの不一致**です。

深刻な話をしているのに聞き手がのんきに見えたら、言葉だけでいくら「はい、わかってます」と言ったところで、話し手は信用しないのです。

深刻な話は、やはり深刻に聞かなければいけません。

真面目に聞くということの意味を勘違いし、相手が楽しい話をしても悲しい話をしても、ずっと表情を動かさず真面目な顔で聞いてしまっている人がたまにいます。

しかし、動かない表情と平板な声の調子というのは、むしろ話を真面目に聞いていないサインになりかねません。

❷ 話し手の期待する反応を心がける

相手と感情のトーンを合わせたら、さらに一歩進んで、相手の期待する反応をしていくことを心がけてみましょう。

つまり、自慢話には感心し、冗談には手を叩いて笑い、愚痴を聞いたら「それはひどいですね」と同情するのです。

これは、**話し手に「安心感」を与える**ためです。

「聞き手の反応がいい」、あるいは「何を話しても受け入れてもらえる」という安心感は、話し手を饒舌《じょうぜつ》にします。お笑い芸人も、よく笑う観客の前では、いつも以上の力を発揮するそうです。それと同じ環境を話し手に提供するわけです。

ただしこの際、問題になるのが、聞き手のメンタルでしょう。

意識的にリアクションするというのは、時にうんざりする作業です。とくに、こちらにとって大した話でもない場合、相手のご機嫌をとっているだけのような、釈然としない気分になることもあるかもしれません。

しかし、「ここぞ」というときに話を盛り上げる必要があるのなら、そこの壁は乗り越えてしまうべきです。とくにそれで仕事で有利になるのであれば。

筆者自身、それを痛感する出来事がありました。失敗談です。

あからさまな話は乗ってあげる

とある経営者にインタビューしたときのことです。

その経営者は、冒頭の軽い雑談の際、急に胸の筋肉を動かして見せ、「ウエイトトレーニングをやっているんだ」と言いはじめました。

筆者は「そうなんですか。すごいですね」と言ったのですが――今考えるとリアクションが足らなかったようです。

彼は手ごたえを感じなかったのでしょう、さらに自分がスポーツ団体の顔役であることと、高級車を何台も乗り回していること、奥さんが花形業界の人だったこと、留学時代にアメリカ大統領経験者と友人だったことなど、本題に関係のない自慢話をまくしたてきました。

筆者も若かったので、こうして畳みかけられる自慢話に、瞬間的に反感を持ってしまい、感心したような態度がとれなくなってしまいました。するとと、彼のほうもちょっとずつテンションが落ちてきてしまい、本題について話しはじめるころにはどうも元気がなく、話も盛り上がらず、結局こちらが焦ることになったのです。

このときの、失敗の原因はあきらかです。自慢話に対して期待する反応をしなかったために、話し手を不安にさせてしまったのです。

それで、話し手の舌を鈍らせてしまった。考える前にすかさず「それはすごいですね！」と言ってしまうぐらいでよかったのです。

そうであれば、話し手も安心して自分の話にノれたはず。

このような、あからさまに感心されたがっている自慢話、あからさまに同情を引こうとしている愚痴、あからさまに笑わせにきている笑い話というのは、時に聞いていてうんざりします。

しかし、こう考えてはどうでしょう?

こうしたあからさまな話は、求めるリアクションが明確な分、イージーゲームだと。

「ここぞ」というときに、それで相手に安心感を与えられて話が盛り上がるのなら、ちょろいもんなのです。

「質問」をすれば会話の流れが作れる

続いて、「質問」について解説します。

じつは質問には、自分を有利な立場に置き、かつ**話題をコントロールできる**という強力な作用があります。

前項で解説しましたが、話の主導権というのは、話す側ではなく、聞く側にあります。

話す側は、聞く側のあいづち、反応、質問に対して右往左往するだけの存在なのです。

だからこそ、シビアな交渉で優位に立ちたい場合は、意識的に聞く側に立って、話の流れをコントロールする必要があります。

では、具体的には何をすれば、聞く側に立つことができるのか？

そのためのテクニックこそが「質問」なのです。

「否定」ばかりする厄介な相手

何を提案しても、否定から入る人というのがいます。

「でもさあ」「そういうのよりさあ」「そういうんじゃなくてさあ」などが口ぐせで、何を言っても否定してきて話し合いにならない。

実際、こういう人を相手にすると腹が立つものですが、かといってどう説得すればいいのかもわからなかったりします。

こういう相手が厄介なのは、聞く側という**有利な立場から動かない**からです。

話す側であるこちらが話題を提供し、聞く側である相手がそれに対してツッコむ。相手からは積極的な意見がないため、議論に持ちこむこと自体ができないのです。

ならば、この図式を壊さなければなりません。それには、どうすればいいのか？

質問すればいいのです。

つまり、相手から「でもさあ。○○は無理なんじゃない？」などという反論が来たら、

「どういうところが無理そうですかね？」「どうしたらいいと思いますか？」「何かヒントだけでもありませんか？」などと質問で返す。

これで、こちらが聞く側に立つことができます。

そうなれば、相手もなんらかの返答をせざるを得ず、その返答についてさらに「そこを改善するには、どうしましょうか？」「それを実現させるためには、どうしましょうか？」と質問を重ねていけば、こちらが主導権を持って話を進めることができるのです。

このように、説得で行き詰まったら、やみくもに何かを話すのではなく、いったん相手の意見について質問をしましょう。

議論で負けなし「最強の論法」とは

「**ソクラテスの論法**」という伝統的な議論必勝法があります。

これは、有利な聞く側から絶対に動かないというもの、その名の通り、ソクラテスが用いた論法です。

彼はほかの哲学者と論戦するときには、必ず「自分は何も知らない。教えてくれ」と一貫して聞く側の姿勢で臨みました。

そして、相手の言い分を聞きながら、ポイントポイントで「あなたの言う○○とはなんなのか?」と質問をし、答えに矛盾するところが出てきたら(人間、相手のペースで何度も質問に答えていったら、必ず矛盾が出てくるものです)、いきなり「先ほどはこう言っていたが、どうなっているのか?」とツッコむのです。

ソクラテスは、この論法で国中の哲学者を黙らせ、片っ端から論破していったのだと言います。

この論法では、相手から何か質問返しをされても、無知をよそおって「私にはわからない」と返せばいいので、絶対に負けることがありません。

ソクラテスの場合、「私はほかの哲学者と違い、自分が知らないということを知っている分だけましだ」(いわゆる「**無知の知**」)とうそぶくのですからタチが悪い(笑)。

ちなみに、少年時代にこのソクラテスの論法に感動したアメリカ建国の父フランクリンも、この論法で大人を負かしていたそうです。

しかし、フランクリンも自伝で指摘しているように、この論法はたしかに強いのですが、ひたすら話し手が否定されるだけで、何も建設的な結論が出ないために周囲に嫌われます。

仮に使うにしても、「とにかく負けられない」という非常事態のときに限るべきでしょう。

「前提化」質問で議論をすっ飛ばす

ここまで、質問することで有利な聞く側の立場に立てるという話をしてきましたが、当然、質問の仕方、その中身も大事です。

質問の仕方しだいで、会話は意識的にコントロールできます。不利な話題からなるべく遠ざかり、有利な話題ばかりとり上げることが可能になるのです。

そのためにぜひ覚えておいてほしい技術があります。

それが「**前提化**《ぜんていか》」を用いた質問。

これは20世紀の弁論術研究者、オリヴィエ・ルブールの名著『レトリック』でも紹介されている強力な技術です。

前提化とは、話の中で特定の意見をさりげなく「当たり前の前提」にしてしまうこと。質問の中で行なうことで、その効果を強く発揮します。

というのも、聞き手は質問をされると、それに答えることに意識がいってしまうため、質問自体に隠された前提に疑問を持ちにくいものなのです。

具体例で見たほうがわかりやすいでしょう。たとえば、

「なぜ、わが社の商品は若年層に不評なのだと思いますか？」

というのは、典型的な前提化を用いた質問です。ここで、何が前提化されているのかわかるでしょうか？

「わが社の商品は若年層に不評である」という意見です。

とくに相手が「わが社の商品は世間に不評だ」くらいの漠然とした認識でいる場合、こういう質問の仕方をすれば「そうか、若者に不評なのか。なぜだろう？」と勝手に思考を飛躍させてくれるのです。

つまり、「わが社の商品は若年層に不評である」という意見を、議論を介さず前提にできる。

これはこちらに有利な意見を、自然な形で相手に受け入れさせるのに非常に有効なテクニックなのです。同様に、

「わが社の業務がスピード感に欠ける原因は、どこにあると思いますか？」

という話の切りだし方をすれば、「わが社の業務がスピード感に欠ける」という事実を前提にできますし、

「この窮地の中、人件費を削減するには、何をすればいいと思いますか？」

という質問をすれば、「人件費は削減しなければならない」という意見を、議論なしで前提にできます。

ポイントは、漠然と正しそうに見える事柄を正しそうに聞こえる言い方で前提化すること。まったくの無理筋を前提化してしまうと、当然「それは質問自体がおかしいだろ」というツッコミが入ってしまいます。

選択肢で話をコントロールする

前提化を用いた質問には、もう1つ、選択肢を示すタイプのものもあります。

たとえば、仕事の納期が厳しいとします。それについて、プロジェクトのメンバーと話し合いをするときに、

「納期が厳しい。どうしたらいいだろう？」

と質問をすれば、これは「納期が厳しい」という基本的事実以外には、なんの前提もない質問になります。

こういう形で質問すれば、話し手はどんな意見でも言うことができるでしょう。

もちろん、自由な発想でアイデアをつのりたいときはこれでＯＫです。

しかし、なんとしても「納期の延期」だけは避けたいのならば、こんな質問は避けなければいけません。「納期を延期しましょう」という意見を出されたら、そこで議論を

しなくてはいけなくなるからです。

そうではなく、こういう場合、次のような質問の仕方をすればいいのです。

「ここまで来たら、人員を増やすか、工程を簡素化するかしかない。どっちにしたらいいと思う？」

こう質問すると、いつの間にか、「人員を増やすか、工程を簡素化するかの2つに1つ」という事実が前提にされ、「納期の延期」と答える道が閉ざされるのです。

同様に、社内の会議で、ある仕事をA社に頼みたくない場合は、

「今回の仕事はB社に頼むか、C社に頼むかどちらにしますか？」

という質問の立て方をすればいいでしょうし、昼食に自分が麺類を食べたいならば、

「ここらへん、そばのおいしいところとラーメンのおいしいところがあるんだけど、どっち食べたい？」

と聞けばいいのです。

もちろん、相手が選択肢以外のものを答えてくることもあります。

しかし、選択肢には「そこから選ばなければならない」という一定の圧力があるのです。

ただ漫然と開かれた質問とは、話し手に及ぼす影響がまったく違います。

社会にあふれる前提化

ちなみに、今回ご紹介した前提化を用いた質問は、雑誌やネット記事の見出しでもよく使われています。

たとえば次のような。


「なぜ○○をする人は、社内で嫌われるのか?」

「窮地に立った○○社をV字回復に導いた思考法とは?」

「○○する高齢者が急増している本当の原因とは？」

「あなたは○○派？　××派？」


それぞれどんな前提化が潜んでいるかは、もうわかるでしょう。

こうした質問に隠された前提化は、日常の中で無数に使われています。実際問題として、聞き手の意見をある方向に誘導するのに非常に有効だからです。

こうした誘導に流されないためにも、前提化の知識は必須なのです。

本音を引きだす質問の仕方

質問することで相手の話す内容をコントロールする「前提化」というテクニックをご紹介しました。

しかし、会話をコントロールしすぎるのも問題があります。

たとえば会議で、自由な発想で意見を言ってもらいたい場合、コントロールが利きすぎて、相手が自由に意見を言えないようになると、むしろ困るでしょう。

実際、多くのマネジメント職が、部下・後輩が自由に意見を言ってくれないことで悩んでいるようです。

とはいえ、これらはすべて**聞く側の問題**と言えます。その人の聞き方のまずさが、相手に自由に話をさせないのです。

そこで、相手にのびのびと話をさせるための方法をご紹介しましょう。

本音を引きだすには前提を最小限にする

相手から意見を引きだすには、質問の仕方を工夫する必要があります。基本的には、前項の前提化と逆のことをするのです。つまり、前提を最小化した質問をするわけです。

×「わが社の新商品が若年層に不評なのはなんでだと思う？」

これは前項でとり上げた質問の仕方ですが、「わが社の商品が若年層に不評だ」ということを前提化しているために、自由な意見を聞くには窮屈です。

そうではなく、

○「我が社の商品ってどう思う？」

と「若者に不評である」という前提を外すのです。

ポイントは、質問の際に**こちらの意見を混ぜない**こと。

前提化というのは、日常に無自覚に潜んでいます。われわれは意図することなく、自分の考えを発言に混ぜこみ、相手の意見をコントロールしてしまうのです。

たとえば何気なく発した、

「この商品最悪だと思うんだけど、どう思う?」

といった質問は、それだけで相手の思考を誘導し、

「最悪か/最悪でないか」

の二択を強いることになります。そして、聞き手自身の自由な発想を封じこめてしまうのです。この無自覚に行なってしまう前提化を意識し、いかに自由な質問を投げかけるか、が重要なのです。

前提化を最小限にすれば、自由な意見を引きだせるはずですが――実際はそれほど単純ではありません。

考えがまとまっていない相手、自分の意見に自信がない相手には、その自由ささえプレッシャーになるのです。

さらに、質問する側が立場が上で、答える側が立場が下である場合、下の立場の者が忖度《そんたく》してしまい自ら自由な意見を抑えてしまう、というのも少なくありません。

そうした事態を避けるためには、いくつか方法があります。

〈プレッシャーを和らげる方法❶〉――「クッション」を入れる

まず1つが、「評価しようとしてるわけじゃない」という意味の前置きをクッションとして入れる方法。

とくに仕事で部下や後輩に意見を聞きたいときには、次のような言葉でそれをはっきり示すと、相手はリラックスして話せるでしょう。

「俺も困っててさ。何か考えがあったら、聞きたいってだけだから」
「思いつきでいいから、なんかない？」
「別にテストしてるわけじゃないよ（笑）」

他人に向かって意見を披露する、とくに目上に向かって披露する、というのは、慣れない人間にはかなり緊張させられる行為です。

そこを汲みとって、寄り添う心づかいをする。そうした配慮が、質問する側に求められるわけです。

〈プレッシャーを和らげる方法❷〉
――あえて選択肢から入る

もう1つの方法として、「A／B」「はい／いいえ」で答えられる質問にするという手もあります。

これは先ほど否定した「前提化」に当たるのですが、**相手が答えやすい前提化**をしてあげることで、過剰な忖度を回避することができます。次のように、一言で答えられる質問を向けるのです。

「A案とB案だったら、どっちがいいと思う?」
「今度の新商品って、本当に若年層には不評なの?」

こう聞けば、本来であれば答えにくいであろう問いにも、それほどプレッシャーを感じさせずに答えてもらうことができます。
また、相手の言いたいことにある程度の目星がついている場合は、

「○○君は、今度のアイデアには反対なんじゃない?」

と意見を誘導するのも有効です。
これは、聞き方にもよるでしょうが、相手にとって一番ストレスの少ない質問の仕方になります。

〈プレッシャーを和らげる方法❸〉
――相手の話を受容し、食いつく

さらに自由に意見を引きだしたければ、返答後の反応も大事です。

望んでいない意見を言われても、「そうか」「なるほど」「たしかに」と受け入れる姿勢を示しましょう。

そして、そのように受容しながら、ポイントポイントで食いつきを示すのです。

ここでも大事なのは、質問。

質問には、**食いつきを示す作用**もあります。たとえば、相手の話を聞いていて、

「それから、どうなったの？」
「今言った○○って何？」
「その話で思いだしたけど、○○ってどういうものなの？」

と質問を向ければ、相手は「興味を持たれている」という安心感を持って、ノって話

をすることができるでしょう。

聞くことのできる人が天下を動かす

為政者・リーダーのあるべき姿を示した有名な中国古典に、『貞観政要《じょうがんせいよう》』というものがあります。

これは、名君として知られる唐《とう》の太宗《たいそう》という皇帝の言動をまとめたもの（徳川家康の愛読書でした）なのですが、この中で為政者の持つべき重要なポリシーとして、「兼《けん》聴《ちょう》」というものが説かれています。

「兼聴」とは、自分と反対の意見、耳が痛い意見を積極的に聞き入れること（実際、当時の朝廷には、「諫官《かんかん》」という皇帝に意見するための役人まで置かれていたのです）。

これは、反対意見を圧殺し、耳心地のいい意見だけをとり上げたせいで滅んだ為政者たちがいたことを、反面教師とした考え方です。

弁論術というと、相手の言い分に反論したり、コントロールしたりすることばかり意識しがちになります。

しかし、実際に物事を進めていくには、周囲の言い分をコントロールせず、**自由に発言させ、反対意見を「兼聴」する**ことが大事です。

「相手にのびのびと話をさせるための技術」は、「相手の話をコントロールする技術」と一対のものとして、身につけておきましょう。

議論を白熱させる「ツッコミ」の入れ方

「議論は建設的にすべきだ！」

よく言われることですが、なかなかうまくいかないものです。

誰も意見を出してくれずシーンとしてしまったり、意見は活発に出たものの結論がまとまらなかったり――というのは、会議などを仕切ったことのある人なら誰しも経験があるはず。

そもそも議論というのは、どうすれば建設的になるのでしょうか？

古代ギリシャの哲学者たちは、お互いの意見に**ツッコミを入れ合い**、改善していくことで、真理に近づいていけると考えていました。

こうした方法論を「問答法《ディアレクティケー》」と言います。

これは現代における会議でも同じでしょう。いい会議というのは、鋭いツッコミにあふれているものです。

問題は、そのツッコミのやり方。

この項目では、議論を盛り上げ、建設的によりよい結論へと導いていく、正しいツッコミの入れ方を見ていきます。

ツッコミには「人柄」も「気分」もいらない

建設的な議論に必要なのは、伝える技術の3大要素のうち「内容の正しさ」に関係するツッコミのみ。

相手の意見の内容だけをチェックし、弱いところに突いてツッコむ。それだけでいいのです。

逆に言えば、議論を建設的であることから遠ざけるのが、「話し手の人柄」「聞き手の気分」といった要素。社長が言ったから正しいとか、発言者の声が小さいから信頼できないとか、感情的になって言い合うなんてもってのほかです。

議論は、あくまで「内容の正しさ」によって行なう。

簡単ではありませんが、理想の議論のあり方としてそれを目指しましょう。

ツッコミには2パターンある

では、正しいツッコミのやり方の、その中身について見ていきましょう。

正しいツッコミとは、先ほど書いたように相手の意見の「内容の正しさ」についてのみ行なうものです。

「内容の正しさ」を示すには、根拠、論理の2つが大事だと説明してきましたが、ツッコミにおいてもそれは同様。

正しいツッコミとは、次の2パターンに尽きます。

❶　根拠へのツッコミ
❷　論理へのツッコミ

それでは、1つずつ見ていきましょう。

❶ 根拠へのツッコミ

相手の意見にツッコむ際に、最初にすべきことがあります。

それが、**相手の言い分に根拠はあるか？**というチェックです。

これは、会社の議論でも親族の話し合いでも、SNSの議論を眺めるのでも、人の意見を聞く際にもっとも大事な確認です。

見るべきは、「○○だ！」と主張している人の言い分に、「××だから」という根拠がちゃんとあるのかということ。

はっきりした根拠が見当たらないのであれば、最初にするツッコミはこれです。


「根拠は何？」

これにまったく答えられないのならば、話はそこで終わり。**根拠のない意見は「感**

想」に過ぎないからです。

では、相手の話に根拠があった場合。

「○○のデータによると」「××という分析もあるので」「△△の報告によれば」などというのがあるのであれば、次にチェックするべきは、その根拠が信用できるのかどうかです。

もし信用できないと考えるのであれば、次のようなツッコミをぶつけましょう。

「そのデータは○○だから信用できない気がするけど、どう？」

大事なのは、こちらも**根拠を持ってツッコむ**こと。

もちろん、「なぜそのデータを信用できると思ったの？」といった相手に丸投げする質問の仕方もないことはないですが、建設的な議論のためには避けたほうがいいでしょう。

また、「解釈」という点からもツッコミが可能です。

たとえば、右肩上がりのグラフで徐々に上昇曲線が緩やかになっているものを見たとき、「上昇傾向にある」という見方もできれば、「ピークは過ぎつつある」という見方もできるでしょう。

そのように、同じ根拠を見ても相手と解釈が違う場合には、

「そのデータについては××という解釈もできると思いますが、どうでしょうか？」

などと、こちらの解釈とともにツッコみます。まとめると、根拠については、

A　根拠があるか？
B　信用できるか？
C　解釈はそれでいいか？

の3つのポイントからチェックし、ツッコみましょう。

❷ 論理へのツッコミ

次は「論理」についてチェックしてみましょう。

何度も触れていますが、正しい主張とは、信頼できる根拠が、納得できる論理で、結論につながっている話のこと。

たとえば、

「きつねうどんがブームだから（根拠）、天ぷらそばが売れるだろう（結論）」

という言い分は、いくら「きつねうどんがブーム」というデータ（根拠）自体が正しくても、結論へのつながり方（論理）が無茶苦茶だからダメなのです。

もし、相手の意見の根拠と結論のつながり具合について疑問があるのなら、そこについてもツッコミましょう。

これは、具体例で見てしまったほうがイメージしやすいかもしれません。

「今回の企画は、○○だから、そのデータに当てはまらないのでは？」

「ご提案の新商品は××という点で、その分析には当てはまらないと思いますが、どうですか？」

「その根拠は、今回の話には当てはまらない」というのが主なツッコミ方のパターンになります。

前にも解説した通り、根拠と結論がつながっているかどうか、という論理の視点は日常では見落とされがちですが、ここにツッコミが入れられると議論力がまったく変わってきます。

建設的議論に「勝ち負け」はない

根拠と論理、2パターンのツッコミに相手が答えられるのならば、その意見は「内容が正しい」ことは保証できるでしょう。

ツッコミは、あくまで相手の言い分の**弱点・改善点をあきらかにする**ためのもの。相手が反論に対して対応できずに、とり下げる場合もあるにせよ、とり下げさせるのが目的ではないということは、肝に銘じておきましょう。

そういう**勝ち負けのゲームではない**のです。

むしろ、相手がこちらのツッコミに対して堂々と再反論し、材料を補強し、立派な意見に仕上げてくれるなら、それが一番素晴らしい。

それが建設的な議論において、ツッコむ側が必ず持っておくべきポリシーなのです。

書き言葉の持つ弊害とは

最近では、「**電話は無駄、用件はメールで簡潔に**」という考え方が根強くなってきた気がします。

たしかに、メールであれば相手の時間をとることもなく、伝える内容も文字の形で残るため、いいこと尽くめのように思えます。

しかし、こういう経験はないでしょうか。

メールで用件だけを箇条書きで伝えたところ、怒っていると勘違いされた。もしくは、疲れているとか、落ちこんでいるとか心配されてしまった。

逆のパターンもあるでしょう。顔を合わせることなくメールだけでやりとりをしていて冷たいと思っていた人が、実際に話してみるとそうでもなかった、などなど。

要は、気持ちや人物像が間違って伝わっているわけです。

かといって、そうした誤解を避けるためにいろいろ書くと……今度は何が言いたいのかわからないような文章になってしまう。

なぜこんなことが起こるのか？

メールなどの書き言葉は、話の内容を伝えるのに便利な一方で、そこに込められた感情といった細かいニュアンスを伝えるのに向いていないのです。

たとえば、「バカなことするなよ」という言葉1つとっても、会話の最中に笑いながら言うのと、文字にして送るのとでは、まったく印象が変わってしまいます。

また、仕事のメールのやりとりで、「この案で進めたいと思います」という内容の文面をもらったとしても、それが乗り気なのかしぶしぶなのか、判断できなかったりします。

つまり、メールのような書き言葉のコミュニケーションだけでは、お互いに相手の感情を読み違える危険性があるのです。

ならば話しましょう。電話で、あるいは会って。実際、話すことでしか伝わらないことが確実にあるのです。

とくに頼みにくいこと、言いにくいこととは、自分の口で話をするべき。内容を感情とともにやりとりして、誤解がないようにするべきなのです。

書き言葉は誤解を生む

これは、古代ギリシャの頃から警戒されてきたことでした。

その代表的な例が、ソクラテス。

彼が生きたのは、筆記具などが整いだし、書き言葉が普及しはじめた時代です。しかし、彼自身は何も著作を残しませんでした。

「自分の考えた本当のところは、対話を通してしか伝わらない。考えていることを書き言葉で残したところで、**誤解されるだけ**だ」と考えたからだと言われています（彼が、書き言葉をいかに警戒していたかは、弟子のプラトンが書いた『パイドロス』という作品に記されています）。

そして、この「書き言葉で落ちてしまうもの」への警戒は、現在でも企業家、政治家などといった人々の間で強く意識されています。

大きな会社の新製品発表会では、その会社のトップがコンセプトなどを自分の口から説明するものですし、政治家も重要な場面では演説や記者会見を開いて話をします。話さないと伝わらない熱意や感情のニュアンスがあるからです。

だからこそ、繰り返しになりますが、他人を言葉で動かしたいのなら、**直接話しましょう**。

相手の感情や熱を読み違えないために。自分の意見をもっとよく理解してもらうためにです。

感情は復讐する

これは、筆者個人の意見ですが、それでもあえて書かせてもらいます。

万事をメールのやりとりだけで済ますようなコミュニケーションの仕方は、誤解を生む以前に、**人を幸せにはしない**と思います。

繰り返し触れてきたように、アリストテレスは、相手を言葉で動かすための要素として、「内容の正しさ」のほかに、「聞き手の気分」「話し手の人柄」の2つを掲げました。アリストテレスといえば、哲学者の中でも「**ロジカルの鬼**」であり「**論理の天才**」です。

それでも、人と話をするのに「話の内容さえ正しければいい」とは言わず、ちゃんと「聞き手の気分」へのケアも視野に入れていた。

ここが彼の弁論術の素晴らしいところです。

では、仮に「内容の正しさ」だけで物事を進めようとすれば、どうなるか。

人を説得する際に、正論だけで聞き手の気持ちをねじ伏せたり、他人の感情的な意見を無内容な雑音のように扱っていれば――

その抑圧された気持ちはどこかで爆発します。どんな反動に結びつくかわかりません。

感情に理屈は通用しないのです。

結果として、誰も幸せにならない。

そういった意味でも、感情込みの話し言葉のコミュニケーションはないがしろにできない。

むしろ、お互い、時には感情的になるぐらいのほうが無理がない。

そう筆者は思います。

「人を動かす」ポイント **「相手に合わせる」**編

- 話し合いでは「**聞き手が有利**」
- **ノリノリで聞けば**、話は盛り上がる
- **質問**すれば、会話をコントロールできる
- 議論に「**勝ち負け**」はない
- 書き言葉は誤解を生むので、**話そう**

参考文献（一部）

本書が参照した主な文献を、ここからさらに深いところに進みたい方のためのブックリストを兼ねて紹介します。

①『弁論術』（アリストテレス　岩波書店）

古代ギリシャの大哲学者アリストテレスが、人を説得する技術をはじめて体系化した記念碑的著作。文庫で読める旧訳と最近出た新訳がある。浅野楢英さんの『論証のレトリック』（講談社）という入門書もあるので、まずはそっちを読むのもオススメ。

②『弁論家について』（キケロー　岩波書店）

アリストテレス弁論術を継承し、実践の中で発展させた古代ローマの大弁論家キケローの著作。複数の人物の会話の形で弁論術の理論が語られる。『弁論術』とこの『弁論家について』の理論が本書の背骨になっています。

③『ソフィスト的論駁』（アリストテレス　岩波書店）

アリストテレスが、彼の生きた時代にたくさんいたソフィストという口先だけの詭弁家たちの使っていた詭弁のパターンを分析し対策を説いた本。

④『弁論家の教育』（クインティリアヌス　京都大学学術出版会）

ローマの弁論術教師・クインティリアヌスが、よい弁論家の育て方、弁論術の理論や実践について説いた大作。のちに、作家・教育家・政治家の必読書とされた。邦訳は全五冊で、著者がこれを書いている現在、第四巻まで出ている。

⑤『説得の論理学』（カイム・ペレルマン　理想社）

20 世紀に入り下火になっていたギリシャ・ローマ式弁論術の伝統を復活させた、哲学者ペレルマンの名著。現代に合わせた形で、説得や議論についての理論をリニューアルした。

⑥『レトリック』（オリヴィエ・ルブール　白水社）

ペレルマンの理論に影響された哲学者ルブールの著作。現代人の視点から、様々な説得のテクニックを解説している。

⑦『議論の技法』（スティーヴン・トゥールミン　東京図書）

根拠と結論とその二つを結ぶものの関係を明快に整理し、のちの説得・議論研究に決定的な影響を与えた図式「トゥールミン・モデル」を発表した名著。本書の根拠と結論と論理の説明も、このトゥールミンモデルを下敷きにしています。

⑧『思考と行動における言語』（S.I. ハヤカワ　岩波書店）

言葉の人に与える作用と、よりよいコミュニケーションのあり方について研究した「一般意味論」という新しい哲学を一般向けに紹介した本。と書くと難しそうだが、意外に読みやすい。とくに本書の「説明は現前化で行う」という項目は、ギリシャ・ローマ式弁論術とともに、この本の考え方も踏まえています。

⑨『レトリック入門』（野内良三　世界思想社）

弁論術の歴史や代表的な理論・技術が網羅されている便利な一冊。

⑩『レトリック事典』（佐藤信夫、佐々木健一、松尾大　大修館書店）

説得技法・表現技法の実例を大量に収録した空前絶後の事典。

おわりに

お疲れさまでした。ちょっと難しい内容もあったでしょうか？

ここまで読んでくださった皆さんは、話がうまくなるということ以前に、1つの素晴らしい考え方を身につけたことになります。

それが、

人を言葉で動かすためには、まず相手のことを知らなければいけない

ということです。

まずは相手を知り、それに応じて最も適切な方法を選ぶ。これが本書が繰り返し説いてきた弁論術の基本でした。これは、人と人とが言葉で交流し、良好な関係を築いていくためにも大切な考え方です。

こうして改めて見てみると当たり前のことのようですが、どれだけ実践されているのか、筆者は疑問です。

よく現代は「**分断の時代**」と言われます。

年齢や考え方、バックボーンの違う人間がわかり合えなくなってきているわけです。メディアで報道されている国内外の政治的論争、身の回りやネットでの対立を見てみましょう。

そこに、「まずは相手のことを知る」という姿勢がどれだけ見られるでしょうか。むしろ、相手のことを理解不可能な存在として突き放したまま、一方的な言い分をぶつけ合っているだけのケースがきわめて多いような印象があります。

こうしたことだって、「まずは相手のことを知る」という、2000年以上前から言われているこの単純な習慣を、みんなが思いだすだけでだいぶ変わってくるのではないでしょうか。

これは、SNSなどで気軽に言葉をぶつけあえるようになった今だからこそ、ますます大事な考え方なのです。

話が大きくなりすぎたかもしれません（まあ、最後くらいいいでしょう）。

ともかく、みなさんは、ギリシャ・ローマ式弁論術やその系譜を継ぐ技術のエッセンスを知ることになりました。
あとはこの知識を実際の場面で使っていくだけです。

徳のある振るまいをしていけば、**徳のある人になる**。

これは、アリストテレスの有名な考え方ですが、同様に話のうまい人のように話していけば、きっと話のうまい人になるでしょう。人を言葉で、（自分にとっても相手にとっても）無理なく動かせるようになるはずです。
本書で紹介した技術が、周りの人たちと良好な関係を築き、お互いの理解を深めるための1つのきっかけとなれば、これほどうれしいことはありません。

本書は、Webサイト「アルファポリス」において、1年間にわたって連載した記事を単行本化したものです。
最後に、ここまでお読みくださった読者の皆様に厚くお礼を申し上げて、筆を置くこととします。

2019年11月　高橋健太郎

【著者紹介】

高橋健太郎（たかはし・けんたろう）

横浜生まれ。古典や名著、哲学を題材にとり、独自の視点で執筆活動を続ける。近年は特に弁論と謀略がテーマ。

著書に、アリストテレスの弁論術をダイジェストした『アリストテレス 無敵の「弁論術」』（朝日新聞出版）、キケローの弁論術を扱った『言葉を「武器」にする技術』（文響社）、東洋式弁論術の古典『鬼谷子』を解説した『鬼谷子 100% 安全圏から、自分より強い者を言葉で動かす技術』（草思社）などがある。

この作品に対する皆様のご意見・ご感想をお待ちしております。

おハガキ・お手紙は以下の宛先にお送りください。

【宛先】

〒150-6005 東京都渋谷区恵比寿4-20-3 恵比寿ｶﾞｰﾃﾞﾝﾌﾟﾚｲｽﾀﾜｰ 5F
（株）アルファポリス　書籍感想係

メールフォームでのご意見・ご感想は右のＱＲコードから、
あるいは以下のワードで検索をかけてください。

アルファポリス　書籍の感想　検索

ご感想はこちらから

欧米《おうべい》エリートが使《つか》っている人類最強《じんるいさいきょう》の伝える技術《ぎじゅつ》

高橋健太郎

2019年 12月 12日初版発行

編集－芦田尚
編集長－太田鉄平
発行者－梶本雄介
発行所－株式会社アルファポリス
〒150-6005 東京都渋谷区恵比寿4-20-3 恵比寿ｶﾞｰﾃﾞﾝﾌﾟﾚｲｽﾀﾜｰ5F
TEL 03-6277-1601（営業）03-6277-1602（編集）
URL https://www.alphapolis.co.jp/
発売元－株式会社星雲社
〒112-0005 東京都文京区水道1-3-30
TEL 03-3868-3275
装丁・中面デザイン－ansyyqdesign
印刷－中央精版印刷株式会社
写真－ゲッティ

価格はカバーに表示されてあります。

落丁乱丁の場合はアルファポリスまでご連絡ください。

送料は小社負担でお取り替えします。

ISBN 978-4-434-26813-7 C0030